KB056647

카프카 대표 단편선

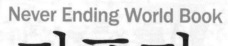

Never Ending World Book

카프카
대표 단편선

프란츠 카프카 지음 | 김시오 옮김

한비미디어

차 례

변 신

"어머니, 아버지! 이런 식으론 더 이상 안 되겠어요. 두 분은 어떻게 생각하시는지 모르겠지만, 저런 괴물을 계속해서 오빠의 이름으로 부를 순 없어요. 그래서 제가 하고 싶은 말은…… 이제 저것에서 벗어나야 한다는 거예요. 우리는 그동안 저것을 돌보고 참아내기 위해 인간으로서 할 수 있는 온갖 일을 다 해봤잖아요. 이젠 저걸 어떻게 한다 해도, 아무도 우리를 비난하지 못할 거예요."

— 본문 중에서

1

어느 날 아침 뒤숭숭한 꿈에서 깨어난 그레고르 잠자는 자신이 침대 속에서 한 마리의 끔찍한 벌레로 변한 것을 알아차렸다. 그의 등은 철갑처럼 딱딱한 갑피로 덮여 있었고, 아래로는 활처럼 불룩한 거북 등 무늬의 갈색 배가 보였다. 불룩하게 솟은 배 위에는 이불이 가까스로 걸쳐져 있었는데, 금방이라도 주르르 흘러내릴 것처럼 위태로웠다. 하루아침에 벌레로 변한 그는 기가 막혔다. 굵직한 두 다리 대신 애처로울 정도로 가느다란 수많은 다리들이 그의 눈앞에서 어른거리며 하릴없이 버둥거리고 있었으니 말이다.

'도대체 나한테 무슨 일이 생긴 걸까?'

그는 어찌된 영문인지를 몰라 골똘히 생각에 잠겼다. 하지만 이건 꿈은 아니었다. 그의 방은 좀 비좁은 듯했지만, 낯익은 벽이 사방을 둘러싸고 있었다. 책상 위에는 따로따로 묶은 옷감의 견본집이 펼쳐져 있었고 — 잠자는 외근 영업사원이었다. — 책상 위의 벽에는 번쩍거리는 금박 액자가 걸려 있었다. 그 액자 속에는 어느 잡지 화보에서 오려낸 예쁜 여자의 사진이 들어 있었는데, 털모자와 털목도리로 잔뜩 멋을 부린 여자가 꼿꼿이 앉은 채로 두 팔을 덮고 있는 털토시를 보는 사람의 눈앞에 쳐들어 보이고 있었다.

그레고르는 창문 쪽으로 눈길을 돌렸다. 날씨는 회색빛을 띠고 있어서인지 왠지 음산해 보였다. 창밖에서 함석판을 후드득 두들기는 빗방울 소리가 들려왔다. 날씨가 가라앉아서인지 기분까지 한층 우울해지는 듯했다.

'잠을 좀 더 자고 나면, 이런 말도 안 되는 상황을 모두 잊어버릴 수 있을까?' 하고 생각했으나, 그것은 도저히 실행할 수 없는 일이었다. 왜냐하면 그는 늘 오른쪽으로 누워 자는 버릇이 있는데, 지금 상황으로는 그런 자세로 눕는다는 것이 거의 불가능했기 때문이다. 몸을 오른쪽으로 돌리려고 아무리 뒤척여 보아도 번번이 흔들거리면서 벌렁 나자빠진 자세로 되돌아올 뿐이었다. 그는 오른쪽으로 누우려는 시도를 백 번도 더 했을 것이다. 그러는 동안 그는 이상한 모습으로 버둥거리는 다리들을 보지 않으려고 눈을 감았다. 그리 심하지는 않지만, 옆구리에 지금껏 느끼지 못했던 통증까지 느껴져서 오른쪽으로 누우려는 시도를 그만둬 버렸다.

'원 세상에! 어쩌다가 나는 이렇게 고달픈 직업을 택했단 말인가!'

외근 영업사원인 그는 날마다 출장을 다녀야 했다. 그러다 보니 정신적인 스트레스가 이만저만 아니었다. 게다가 출장을 떠나게 되면 늘 기차 시간이나 사고 위험에 신경 써야 하는 것은 물론이고, 불규칙하고 형편없는 식사 그리고 상대가 늘 바뀌는 탓에 결코 지속될 수도 없고 진실해질 수도 없는 만남으로 인해 늘 긴장되고 피곤했다.

'정말 지긋지긋해! 빌어먹을 것, 될 대로 되라지.'

그는 배 위가 약간 간지럽게 느껴져서, 머리를 좀 더 쳐들 수 있도록 드러누운 채 등허리를 침대 기둥 쪽으로 밀어 올렸다. 드디어 근질거리는 곳을 알아냈는데, 그곳에 자그마한 흰 반점들이 가득 박혀 있는 것이 보였다. 그래서 그는 한쪽 다리로 그곳을 만져보려다가 이내 그 다리를 움츠리고 말았다. 다리를 만지려고 하는 순간, 전신에 차가운 소름이 쫙 끼쳤기 때문이었다.

그레고르는 조금 전의 자세로 다시 벌렁 나자빠지면서, 잠을 좀 더 자야겠다고 마음먹었다.

'매일 아침마다 이렇게 일찍 일어나야 된다는 건 진짜 고역이야. 사람은 무엇보다도 잠을 충분히 자야 되거든. 다른 외근 영업사원들은 하렘의 여자들처럼 편하게 살고 있지 않은가. 내가 주문 받은 것을 장부에 기입하려고 오전 중에 여관으로 돌아가면, 그들은 그때야 일어나서 아침을 먹는 일이 많았거든. 하지만 내가 그들처럼 행동했다가는 사장한테 미움을 받아 당장 쫓겨나고 말 거야. 하지만 그러는 편이 나한테 훨씬 나을는지도 모르지. 내가 지금까지 부모님을 위해 꾹 참아 왔지만, 만약 부모님이 계시지 않았다면 사장한테 사표를 내밀면서 그동안 가슴속에 쌓아두었던 말을 모두 털어놓았을 거야. 그러면 분명히 책상 위에 앉아 있던 사장은 놀라서 뒤로 나자빠질 텐데……. 아무리 생각해 봐도, 책상 위에 올라앉아 사원들을 눈 아래로 내려다보면서 얘기하는 것은 괴상한 버릇임에 틀림없어. 게다가 귀가 어두운 사장을 위해 가까이 다가가서 고래고래 소리 지르는 것도 진절머리가 나고 말이야. 그래도 희망이 완전히 없어진 것은 아니야. 내가 돈을 모아서 부모님의 빚을 전부 다 갚게 되면 ― 5, 6년은 더 걸리겠지만 ― 꼭 그렇게 하고 말 거야. 그것은 내 인생의 일대 전환점이 될 테니까. 그렇게 되면 난 사장과 관계를 깨끗하게 끊을 수 있을 거야. 그나저나 기차가 다섯 시에 떠나니까, 지금은 당장 일어나는 일이 급선무야.'

그레고르는 서랍장 위에서 째깍거리고 있는 자명종 시계를 건너다보며 외쳤다.

"아이고, 하느님 맙소사!"

벌써 여섯 시 반이 넘었다. 시계 초침은 쉬지 않고 조용히 앞으로 나아가고 있었다. 어느새 삼십 분을 지나 벌써 사십오 분이 다 되어갔다. 그런데 혹시 자명종 소리가 울리지 않았던 것 아닐까? 침대에서 바라보니 시계는 네 시에 울리도록 맞춰져 있었다. 자명종은 울린 게 분명했다. 하지만 정말 이상하게도 시계 울리는 소리를 듣지 못했다. 온 방 안을 뒤흔들 정도로 울려대는 요란한 소리를 듣고도 세상모르고 잠에 빠져 있다는 것이 가능한 일이었을까? 물론 그가 편히 잠을 잔 것은 아니었다 해도, 그런 만큼 깊은 잠에 빠져든 것만은 분명하다.

하지만 이제 어쩌면 좋단 말인가? 다음 기차는 일곱 시에 있었다. 앞으로 십오 분, 그 기차를 놓치지 않으려면 머뭇거리지 말고 서둘러야 했다. 그런데 견본들도 아직 꾸려놓지 않았을 뿐 아니라, 컨디션이 좋지 않아서 몸이 가볍게 움직일 것 같지도 않았다. 설령 그 기차를 탈 수 있다 하더라도, 벼락 치듯 쏟아지는 사장의 꾸지람은 피할 길이 없을 것이다. 왜냐하면 사환 녀석이 다섯 시에 맞추어 대기하고 있다가, 내가 그 기차에 타지 않은 사실을 알고 이미 사장에게 보고해 버렸을 테니까. 줏대 없고 아첨 잘하는 사환 녀석은 인정사정없는 사장의 충복이었다.

이렇게 된 바에야 몸이 아프다고 연락을 하면 어떻게 될까? 하지만 그것은 도리어 그를 난처한 입장에 처하게 할 뿐 아니라, 공연한 의심을 받게 될지도 모른다. 그레고르는 회사에 5년간 근무하는 동안 단 한 번도 몸이 아파서 늦거나 결근한 적이 없었기 때문이었다. 아마도 사장은 의료보험 담당 의사를 데리고 들이닥쳐서 게으른 아들을 두었다고 부모님을 질책할지도 모른다. 그리고 아무리 아프다고 변명하더라도, 의사의 소견을 빌려 모두 묵살해 버리고 말 것이다. 의사가 보기에는, 몸이 아프지도 않으면서도 단지 일하기 싫어서 꾀를 부리는 사람들이 얼마든지 있기 때문이다. 그런데 이런 경우에 그의 견해가 완전히 틀렸다고 할 수 있겠는가? 그레고르는 오랜 시간 잠을 잤음에도 불구하고 졸음이 와서 견딜 수가 없는 것을 제외하고는 사실 몸의 컨디션이 아주 좋았다. 심지어는 왕성한 식욕마저 느꼈을 정도다.

그가 침대에서 나가야겠다는 결심을 하지 못하고 이런저런 생각에 잠겨 있을 때 — 이때 6시 45분을 알리는 자명종 소리가 울렸다. — 침대 머리맡의 문을 조심스럽게 두드리는 소리가 들렸다.

"그레고르야, 너 출근 안 할 거니?"

어머니였다. 아, 저 부드러운 목소리!

그레고르는 자신이 대답하는 소리를 듣고 깜짝 놀랐다. 분명 자신의 목소리임에 틀림없었다. 그런데 마치 밑에서 울려나오는 것 같으면서도 억누를 수 없을 만큼 고통스러운 소리가 섞여 있는 것이었다. 그 소리 때문에 그가 하는 말은 첫 순간에는 제법 또렷하게 들리다가, 이내 상대방이 분명히 알아들을 수 없을 만큼 여운 자체가 흐려지면서 묻혀 버리고 말았다. 그래서 그가 무슨 말을 했는지 제대로 알아들을 수가 없었다. 그레고르는 상세하게 대답하며 자초지종을 설명하려 했으나, 현재 상황에서는 그냥 "네, 네! 고마워요, 어머니. 벌써 일어났어요?"라고 말하는 수밖에 없었다. 나무로 된 문이 사이에 있어 그레고르의 목소리가 달라졌다는 것을 바깥에서는 알아채지 못한 모양이었다.

그의 대답을 들은 어머니는 안심했는지 거실 쪽으로 발걸음을 옮겼다. 그러나 이렇게 주고받은 간단한 대화로 인해, 다른 가족들도 그레고르가 아직 출근하지 않은 채 집에서 꾸물거리고 있다는 사실을 다 알게 되었다. 곧 이어 아버지가 한쪽 옆문을 주먹으로 가볍게 두드렸다.

"그레고르, 그레고르! 대체 어떻게 된 일이니?"

아버지가 낮은 목소리로 물었다.

대답이 없자, 잠시 후에 아버지는 굵직한 목소리로 다그치듯이 다시 한 번 불렀다.

"그레고르, 그레고르!"

그러자 이번엔 다른 쪽 옆문에서 여동생 그레테가 낮은

목소리로 애타게 불렀다.

"오빠, 어디 아파? 뭐 필요한 거 있어?"

그레고르는 가능한 이상한 목소리를 내지 않으려고 애쓰면서, 양쪽 문을 향해 띄엄띄엄 대답했다.

"이제 준비 다 됐어요."

아버지는 아침 식사를 하러 돌아갔으나, 여동생 그레테는 여전히 문 앞에 서서 속삭이듯 말했다.

"오빠, 제발 문 좀 열어봐."

하지만 그레고르는 문을 열 생각을 조금도 하지 않은 채, 집에서도 밤이 되면 모든 문들을 꼭꼭 잠가 버리는 습관이 출장을 다니는 동안 몸에 배게 된 것을 다행으로 여겼다.

그레고르는 무엇보다도 누구의 방해도 받지 않고 조용히 일어나 옷을 챙겨 입은 다음 아침 식사부터 하고 싶었다. 그러고 나서 다음 일을 생각해 보려 했다. 침대 속에서 아무리 생각해 봤자 별 신통한 결론이 나오지 않으리라는 것을 알고 있었기 때문이다. 전에도 잠을 제대로 자지 못한 날이면 가벼운 통증을 느끼곤 했지만, 그러다가도 막상 침대에서 일어나면 그것들이 순전히 공상에 불과했음이 드러나곤 하지 않았는가. 그래서 오늘 아침의 공상도 문제를 푸는 어떤 실마리가 되어주지나 않을까 하고 자못 궁금해졌다. 그는 자신의 목소리가 변한 것은 여행을 자주 하는 외근 영업사원들에게서 흔히 볼 수 있는 감기 증상 때문이며, 그것은 만성피로에서 기인하는 일종의 직업병이라는 점을 조금도 의심하지 않았다.

이불을 밀어제치는 것은 어려운 일이 아니었다. 숨을 쉬면서 배를 조금 불리기만 하면 이불은 저절로 흘러내렸다. 그러나 그다음부터가 어려웠다. 그의 몸체가 너무나 옆으로 퍼져 있어서 특히 그랬다. 몸을 일으켜 세우려면 팔과 손을 모두 동원해야 했다. 그러나 팔과 손이 다 없어진 지금, 제멋대로 얽혀서 수선스럽게 움직이기만 하는 가느다란 다리들을 마음대로 다룰 수가 없었다. 어떤 다리를 한번 구부려보려고 하면 구부러지는 것이 아니라 제멋대로 쭉 뻗쳐졌다. 그럼에도 불구하고, 그가 원하는 대로 다리 하나를 간신히 구부리면 이번에는 다른 다리들이 제멋대로 움직여져서 공중에 붕 떠 있는 것이었다.

"이렇게 침대에만 누워 있지 말자. 그랬다가는 죽도 밥도 안 되겠어."

그레고르는 스스로를 달래듯이 혼잣말을 했다.

그는 먼저 아랫부분을 움직여서 침대에서 빠져나오려고 했다. 그러나 그는 하반신을 보지도 못했고, 어떤 모양으로 생겼는지조차 상상할 수 없었기에 마음대로 움직일 수가 없었다. 그러다 보니 동작이 무척 느려졌다. 그러다가 급기야는 화가 치밀어 있는 힘을 다해서 사정없이 몸을 앞으로 내밀었다. 그런데 그만 방향을 잘못 잡아 옆으로 틀어지는 바람에 침대 기둥에 부딪쳐서 나가떨어지고 말았다. 그 자리가 쿡쿡 쑤시고 통증이 느껴졌다. 하반신의 감각이 매우 예민하다는 것을 알게 되었다.

할 수 없이 그레고르는 우선 상반신을 침대 밖으로 끌어내리려고 무진 애를 썼다. 조심스레 머리를 침대 가장자리 쪽으로 돌렸다. 이 동작은 그리 힘들이지 않고 쉽게 할 수 있었다. 몸뚱이가 넓적하고 무거웠지만, 결국 머리가 돌아가는 대로 서서히 움직였다. 그러나 머리가 침대 밖의 허공에 떠 있게 되자, 이런 식으로 나아가다간 침대 밑으로 떨어지고 말 것만 같아 덜컥 겁이 났다. 그러다가 몸이 떨어지기라도 하면 기적이 일어나지 않는 한 머리를 다칠 수밖에 없을 것 같았다. 때문에 지금은 어떤 일이 있더라도 의식을 잃어서는 안 되었다. 그래서 차라리 침대에 그냥 누워 있기로 했다.

다시 같은 노력을 기울인 끝에 그는 아까와 같은 자세로 돌아와 한숨을 쉬며 다시 애를 써서 전과 같은 자세로 누워 있었다. 그의 다리가 그전보다 더 심하게 얽혀서 허우적거리는 꼴이 눈에 들어오자, 이렇게 제멋대로 움직인다면 절대로 안정과 질서를 회복할 가능성이 없다는 생각이 들었다.

그는 다시 혼잣말로 중얼거렸다.

"더 이상 침대에 죽치고 있을 수는 없어. 침대에서 빠져나갈 희망이 조금이라도 있다면, 어떤 희생이 따르더라도 그러는 편이 상책이야."

하지만 그 와중에도 결코 자포자기 상태에서 결단을 내리는 것보다는 차분하게 곰곰 생각하는 편이 훨씬 낫다는 생각을 잊지 않았다. 그 순간 그는 되도록 날카로운 시선으로 창밖을 지켜보았다. 하지만 유감스럽게도 아침 안개가 자욱하게 깔린 좁은 도로의 모습만 보일 뿐, 어떤 낙관적인 기대나 밝은 기분은 느껴지지 않았다.

"벌써 일곱 시야. 일곱 신데 아직도 이렇게 안개가 자욱하게 끼어 있네."

그는 자명종이 또다시 새로운 시간을 알리자 혼잣말로 중얼거렸다.

그레고르는 잠시 동안 가볍게 숨을 쉬며 조용히 누워 있었다. 정적이 감도는 속에서 현실적이며 분명히 납득할 수 있는 원래 상태로 되돌아가기를 기대하듯이 말이다.

그는 누운 채로 다시 중얼거렸다.

"무슨 일이 있더라도 일곱 시 십오 분이 되기 전에는 침대에서 벗어나야만 해. 나에 대해서 물어보려고 누군가가 회사에서 올지도 모르니까. 일곱 시 전에 사무실 문을 여니까 말이야."

그래서 이번에는 몸 전체의 균형을 잡으려고 애쓰면서 침대에서 벗어나려고 기를 썼다. 이런 식으로 침대에서 떨어진다면, 머리를 다치지는 않을 것이다. 떨어질 때 머리를 번쩍 치켜들면 말이다. 등은 무슨 갑피처럼 딱딱해 보였다. 그러니 양탄자 위에 떨어져도 등은 문제가 없을 것이다. 다만 떨어질 때 쿵 하고 큰 소리가 날까봐 신경이 쓰였다. 문밖의 식구들은 공포는 느끼지 않더라도, 필경 무슨 일인가 하고 걱정을 할 테니 말이다. 그렇다 하더라도 그건 시도해 보아야 할 일이었다.

그레고르의 몸이 어느새 절반쯤 침대 밖으로 나오게 되자 — 이 새로운 방법은 힘들다기보다는 오히려 놀이처럼 재미있게 느껴졌다. 마냥 누운 채로 좌우로 몸을 흔들기만 하면 되었으니까. — 그는 누군가가 와서 자신을 조금만 도와주면 이 모든 것이 얼마나 간단할까 하는 생각이 불현듯 들었다. 힘센 사람이 두 명만 있으면 충분할 것 같았다. 그는 아버지와 하녀를 떠올렸다. 그들이 팔을 그의 등허리 밑으로 밀어 넣고 그를 침대에서 들어낸 다음 바닥에 내려놓으면 될 텐데. 그리고는 그가 바닥에서 몸을 뒤집을 때까지 조금만 기다려주면 될 텐데……. 그러면 그의 몸체 무게가 방바닥으로 쏠려 가느다란 다리들이 제구실을 하지 않겠는가.

그런데 그때는 문들이 꽁꽁 잠겨 있다는 사실을 전혀 생각하지 못했다. 그렇더라도 이젠 정말로 도와달라고 소리를 쳐야 하지 않을까? 비록 곤경에 처해 있기는 하지만, 이런 생각을 하면서 그는 쓴웃음을 짓지 않을 수 없었다.

웃음으로 인해 몸이 크게 흔들려, 더 이상 균형을 잡지 못할 지경에 이르렀다. 이제 마지막 결정을 하지 않을 수 없었다. 왜냐하면 5분만 있으면 7시 15분이 되기 때문이다.

그때 현관에서 초인종이 울렸다.

'회사에서 누가 왔구나.' 하고 생각하니, 갑자기 몸이 빳빳하게 굳는 것 같았다. 그러는 동안에 그의 가느다란 다리들은 허공에서 분주하게 춤을 추어댔다. 한순간 사방이 쥐 죽은 듯 조용해졌다.

"아무도 문을 열어주지 않을 거야!"

그레고르는 말도 안 되는 헛된 희망에 사로잡혀 혼잣말로 중얼거렸다.

그러나 언제나 그랬던 것처럼 하녀 아나가 둔탁한 걸음으로 저벅저벅 문 쪽으로 가더니 문을 열었다.

그레고르는 방문객의 첫인사만 듣고도 그가 누구인지 금방 알 수 있었다. 회사의 지배인이었다. 지배인이 직접 나타난 것이었다. 어쩌다가 조금만 직무에 태만해도 터무니없이 의심하는 그런 회사에 근무하는 신세가 된 것일까? 새삼스럽게 그런 사실에 화가 났다. 직원들은 하나같이 제대로 돼먹지 않았단 말인가? 그들 가운데 충실하고 열성적으로 일하는 사람이 하나도 없단 말인가? 단지 아침나절 한두 시간만이라도 회사를 위해서 열심히 일하지 않으면

양심의 가책 때문에 미쳐 버리거나 마침내 침대에서 일어 날 수도 없는 그런 인간 말이다.

사실 오늘 아침에 회사에 출근하지 않은 그레고르의 형 편을 알아보려면 사환을 보내도 충분하지 않을까? 만약 진상을 파악하는 것이 진짜로 필요하다면 말이다. 그런데 굳이 지배인이 직접 찾아와야 한단 말인가? 그리하여 이 수상쩍은 일에 대한 조사가 전적으로 지배인의 판단에 맡 겨질 수 있다는 사실이 아무 영문도 모르는 가족들에게까 지 알려져야 한단 말인가?

그레고르는 단단히 결심을 해서가 아니라, 도리어 이런 생각을 하면서 흥분했기 때문에 온힘을 다해 침대 밖으로 몸을 훌쩍 날렸다. 쿵 하고 소리가 났지만, 아주 요란하지 는 않았다. 다행히 양탄자가 깔려 있어서 충격이 약했고, 등도 그레고르가 생각했던 것보다는 탄력이 있었다. 다만 주의를 기울여 머리를 들지 않았기 때문에 바닥에 살짝 부딪쳤다. 그는 화가 나고 너무나 아프기도 해서, 머리를 돌리고는 양탄자에 비벼댔다.

"저 방에서 뭔가가 떨어졌나 봅니다."

왼쪽 옆방에서 지배인이 말하는 소리가 들려왔다. 그레

고르는 오늘 자기에게 일어난 일과 똑같은 일이 언젠가 지배인에게도 일어날 수 있지 않을까 상상해 보려고 했다. 사실 그럴 가능성을 아주 부인할 수는 없는 노릇이잖은가. 그런데 그의 이런 상상에 대해 대답이라도 하듯, 지배인이 왼쪽 옆방에서 발에 힘을 주고 이리저리 걸어 다니며 삐걱거리는 소리를 냈다. 에나멜 구두에서 나는 소리가 분명했다. 그리고 오른편 옆방에서는 그레고르에게 지배인이 찾아온 사실을 귀띔해 주려고 여동생이 나직하게 속삭이는 목소리가 들려왔다.

"오빠, 지배인이 왔어."

"알고 있어."

그레고르는 혼잣말로 중얼거렸다. 그러나 여동생이 알아들을 수 있을 만큼 확실하고 큰 소리로 말하지는 못했다. 감히 목소리를 높일 수 없었던 것이다.

"그레고르!"

이번엔 왼쪽 옆방에서 아버지 목소리가 들렸다.

"지배인님이 오셨는데, 네가 오늘 왜 새벽 기차를 타지 않았느냐고 물으신다. 우리는 뭐라고 말씀드려야 할지 모르겠구나. 그보다도 지배인님이 너하고 직접 얘기하고 싶

다고 하시니, 문 좀 열어라. 방 안이 지저분하고 정리가
잘 되어 있지 않더라도 충분히 이해해 주실 거야."

"여보게, 잠자 씨. 아직 일어나지 않았나?"

그 사이에 지배인이 끼어들어 친근한 목소리로 말했다.

"그레고르가 몸이 불편한 모양이에요."

아버지가 문에 대고 말을 하고 있는 동안 어머니가 지배
인에게 변명하듯이 이런저런 얘기를 늘어놓았다.

"그렇지 않고서야 기차를 놓칠 리가 없어요. 쟤는 회사
일 외에는 다른 생각을 하지 않거든요. 쟤가 퇴근 후에 한
번도 밖에 나가는 걸 본 적이 없어서 제가 도리어 속상해
했답니다. 쟤가 이 도시에서 지낸 지 벌써 일주일이나 되었
지만, 매일 저녁 집에만 있었거든요. 집에 있을 때에는 우
리랑 같이 둘러앉아 한쪽에서 조용히 신문을 읽거나 아니
면 기차 시간표를 들여다보곤 했습니다. 그러다가 심심하
면 실톱으로 목공일에 열중하면서 기분을 푼답니다. 저녁
시간을 이용해서 이삼 일만에 조그마한 액자를 짜기도 했
어요. 얼마나 잘 만들었는지 지배인님도 보시면 놀라실 거
예요. 저 방에 걸려 있답니다. 그레고르가 문을 열면 바로
볼 수 있을 거예요. 참, 무엇보다도 지배인님께서 이렇게

와주셔서 얼마나 다행스러운지 몰라요. 우리들이 아무리 애를 써도 그레고르가 문을 열 기미를 보이지 않았거든요. 쟤가 워낙 고집이 세서 말입니다. 아침에 물어봤더니 '괜찮다'고 했지만, 몸이 불편한 게 틀림없어요."

"곧 나갑니다."

그레고르는 천천히 그리고 신중하게 대답하면서도, 밖에서 들리는 얘기를 한마디도 놓치지 않으려고 꼼짝도 하지 않고 있었다.

"부인, 저 역시도 그렇게 생각할 수밖에 없네요. 대수로운 일이 아니면 좋겠습니다. 우리처럼 사업하는 사람들이야 — 이를 유감으로 생각해야 할지 다행이라 생각해야 할지는 생각하기 나름입니다만 — 웬만큼 몸이 아프지 않고서는 가만히 누워 있질 못하죠. 그냥 눈을 질끈 감고 이겨내야지요."

"지배인님이 네 방으로 들어가셔도 괜찮겠니?"

아버지는 조바심을 내면서 이렇게 묻고는 또다시 문을 두드렸다.

"안 됩니다."

그레고르가 대답했다.

왼쪽 옆방에서는 숨 막힐 듯한 침묵이 흘렀고, 오른쪽 옆방에서는 그레테가 흐느껴 울기 시작했다.

도대체 그레테는 왜 다른 사람들이 있는 쪽으로 가지 않은 걸까? 아마도 그레테는 아제 막 일어나서 아직 옷도 갈아입지 못한 것 같았다. 그런데 무엇 때문에 우는 걸까? 그가 일어나지도 않고, 지배인을 방에 들어오지 못하게 해서일까? 아니면 그가 직장을 잃을까봐 그러는 걸까? 그렇지 않으면 회사 사장이 옛날 빚을 독촉하면서 부모님을 못살게 굴까봐 그러는 것일까? 하지만 그런 것들은 쓸데없는 걱정에 지나지 않았다. 그레고르는 아직 여기에 이렇게 누워 있고, 가족을 저버릴 생각 같은 것은 해본 일조차 없으니까. 그레고르는 잠시 양탄자 위에 누워 있을지도 몰랐다. 그가 현재 어떤 상태로 변해 있는지 알고 있는 사람이라면, 아무도 지배인을 그의 방으로 들여보내라고 요구하지 않을 것이다. 하지만 다음에라도 쉽사리 변명할 수 있는 이런 사소한 실례 때문에 그레고르가 회사에서 쫓겨나는 일은 없을 것이다. 그레고르가 생각하기에는 눈물을 흘리며 설득하고 귀찮게 하기보다는 자신을 이대로 내버려두는 것이 훨씬 더 현명한 처사인 듯싶었다. 그러나 이 불확실한

점 때문에 다른 사람들은 답답해했고, 이러니 그들의 태도를 용서해 주지 않을 수 없었다.

"잠자 씨!"

드디어 지배인이 약간 언성을 높여 불렀다.

"도대체 무슨 일인가? 왜 문을 잠그고 방 안에서 나오지도 않은 채 '네!' '아니오!'로만 대답하면서 자네 부모님께 걱정을 끼쳐 드리는 건가? 이야기가 나왔으니 하는 말이지만, 지금 자네는 이제껏 들어보지도 못한 파렴치한 방식으로 회사 직무를 태만히 하고 있다는 것을 알고 있나? 나는 이 자리에서 자네 부모와 사장님의 이름으로 말하는데, 지금 당장 이유가 뭔지 명확하게 해명해 주게. 그래도 나는 이제까지 자네를 침착하고 분별 있는 사람으로 생각해 왔는데, 이런 법이 어디 있나? 이제 보니 자네는 자기 기분 내키는 대로 행동하는 사람인 것 같군. 오늘 아침에 사장님이 자네가 늦은 이유를 묻기에, 나름대로 사장님께 그럴듯하게 변명해 주고 왔는데 말이야.

사실, 사장님은 얼마 전에 자네에게 맡긴 수금에 대해 석연치 않게 생각하는 것 같더군. 하지만 난 내 명예를 걸다시피 하면서 절대 그런 일이 아닐 거라고 두둔했네. 하지만 자네가 지금 한사코 고집을 부리면서 이해할 수 없는 행동을 하니, 자네를 적극 옹호해 주고 싶은 생각마저 싹 달아나 버리는군.

그리고 덧붙이자면, 자네는 일자리가 철밥통이라도 되는 줄 아는 모양인데 천만의 말씀이네. 나는 이 모든 이야기를 자네와 단둘이서만 할 생각이었는데, 자네가 이렇게 내 시간을 헛되게 낭비하니 이제는 자네 부모님도 이런 사실을 알아야 한다는 생각이 드는군. 지난 몇 주 동안의 자네 영업 실적은 형편없었네. 물론 지금은 영업이 잘되는 시기가 아니라는 점은 우리도 인정하겠네. 그러나 영업이 안 되는 시기란 절대로 있을 수 없는 일이고, 또한 있어서도 안 되는 거야. 안 그런가, 잠자 씨?"

지배인이 격앙된 어조로 말했다.

"그렇지만 지배인님……."

그레고르는 자신도 모르게 버럭 소리를 치고는, 너무나 흥분한 나머지 다른 일은 모두 잊어버리고 말았다.

"지금 당장 문을 열어드리지요. 하지만 몸이 불편한데다 현기증이 나서 바로 일어나지 못했어요. 저는 아직 누워 있습니다. 그러나 조금 괜찮아져서 지금 막 일어나고 있는

30

중이에요. 잠깐만 기다려 주세요. 아직 상태가 좋지 않지만, 곧 괜찮아질 겁니다. 급작스럽게 이렇게 몸이 아프다니, 저도 기가 막힙니다. 어제 저녁까지만 해도 아무렇지도 않았습니다. 그건 우리 부모님이 잘 알고 계십니다.

아니, 솔직히 말하면 어제 저녁에 뭔가 모르게 이상한 느낌이 들긴 했습니다. 제 안색을 보면 금방 알아챌 수 있었을 겁니다. 회사에다 미리 얘기를 하지 않은 것은 제 불찰입니다. 하지만 이런 정도 아픈 것은 따로 쉬지 않아도 견딜 수 있을 것이라 생각했기 때문입니다.

지배인님! 제 부모님은 가만히 놔두세요. 지배인님이 지금 저에게 말씀하신 것들은 터무니없는 내용입니다. 저는 이제까지 그런 비난을 누구에게도 받아본 적이 없습니다. 지배인님은 제가 발송한 최근의 주문서를 아직 보지 못한 모양인데요, 아무튼 여덟 시 기차로 출발하겠습니다. 몇 시간 쉬었더니 기운이 좀 납니다. 지배인님, 걱정 마시고 이제 돌아가십시오. 저도 곧 나가겠습니다. 사장님께도 잘 말씀드려 주세요."

그레고르는 변명을 한답시고 한참 늘어놓았지만, 자기가 무슨 말을 했는지도 알 수 없을 지경이었다. 이미 침대

에서 여러 번 연습해서인지, 서랍장 쪽으로 수월하게 다가
간 그는 서랍장에 기대어 몸을 일으켜보려고 무진 애를
썼다. 사실, 그는 방문을 열고 지배인한테 자기 모습을 보
여주며 직접 이야기하려는 것이었다. 그렇게도 방으로 들
어오고 싶어하는 저 사람들이 자신의 변한 모습을 보면
무슨 말을 할 건지 무척 궁금했다.

만약 그들이 놀라서 기절초풍한다면, 그레고르는 그에
대해 어떤 책임도 지지 않을 것이다. 더 이상 변명할 필요
가 없으니 그저 잠자코 있으면 될 일이었다. 그리고 만약
그들이 그 모든 차분히 받아들인다면, 그도 더 이상 흥분할
이유가 없을 것이다. 다만 부리나케 서두른다면 여덟 시
기차를 탈 수 있을지도 모른다.

몸을 일으키려던 그레고르는 처음에는 몇 번이나 반들반
들한 서랍장에서 미끄러졌다. 그러나 젖 먹던 힘까지 짜내
몸을 일으켜 결국 똑바로 설 수 있었다. 아랫배가 불에 덴
듯이 쑤시고 화끈거렸으나 그는 조금도 개의치 않았다. 그
레고르는 가까이 있는 의자의 등받이로 몸을 던져, 그 가장
자리를 가느다란 다리들로 꼭 움켜잡았다. 그리하여 몸의
중심을 잡은 그는 이내 입을 다물었다. 지배인의 목소리가

다시 들려왔기 때문이었다.

"저 말을 한마디라도 알아들으셨습니까? 설마 우리를 놀리고 있는 것은 아니겠지요?"

지배인이 부모님에게 물어보았다.

"그럴 리가 있겠습니까. 틀림없이 저 애는 몸이 너무 아파서 신음 소리를 낸 거예요. 우리가 저 애를 들볶고 있는 거예요. 그레테, 그렇지?"

어머니가 울음 섞인 목소리로 목청을 높였다.

"엄마, 왜요?"

맞은편 방에서 그레테가 큰 소리로 대답했다. 이들은 그레고르의 방을 사이에 두고 서로 말을 주고받고 있었다.

"빨리 의사를 불러와라. 오빠가 지금 많이 아픈 모양이다. 빨리 의사를 불러와. 너, 지금 그레고르가 하는 말 들었니?"

"그건 분명히 무슨 짐승 소리 같았어요."

어머니의 큰 목소리에 비해 매우 나지막한 목소리로 지배인이 말했다.

그러자 아버지가 부엌에다 대고 손뼉을 치며 말했다.

"애, 아나야! 어서 가서 열쇠 수리공을 불러와라."

그 말이 채 끝나기도 전에, 두 소녀는 치마에서 휙 소리가 나도록 빠른 동작으로 응접실을 지나 달려 나갔다. — 도대체 그레테는 어떻게 그리 빨리 옷을 갈아입었을까? — 현관문을 휙 열어젖혔다. 쾅 하고 닫히는 소리는 들리지 않았다. 커다란 불행이 닥친 집에서 으레 그렇듯이, 문을 열어놓은 채 그대로 달려 나간 모양이었다.

그러나 그레고르는 훨씬 더 침착해졌다. 귀에 익은 탓인지 그에게는 자신의 말이 제법 또렷하게, 전보다 더 또렷하게 들린다고 생각되었다. 그런데 다른 사람들은 그의 말을 전혀 알아듣지 못하는 것 같았다.

어쨌거나 사람들은 그가 정상적인 상태가 아니라는 것을 어느 정도 파악했는지, 그레고르를 도와줄 마음을 먹게 되었다. 그들이 처음으로 취한 조치에서 보여준 굳건한 기대와 확신에 그는 적이 마음이 놓였다. 그는 다시 인간 사회에 받아들여지는 기분이 들었던 것이다. 의사뿐만 아니라 열쇠 수리공한테도 — 그렇게 정확하게 구분할 필요는 없지만 — 대단하고 놀라운 능력이나 비상수단 같은 것을 보여주지 않을까 하는 기대가 생겼다.

앞으로 다가올, 어쩌면 운명을 결정지을지도 모를 중요

한 이야기를 나눌 때 될 수 있는 대로 명확한 소리를 내려고 밭은기침을 하며 목소리를 가다듬었다. 그러면서 가능하면 목소리를 약간 낮추려고 노력했다. 왜냐하면 그 목소리가 사람의 기침소리와 다르게 들릴 수도 있기 때문이었고, 그도 자신의 목소리가 어떤지 알 수 없었기 때문이었다.

그동안 밖은 아주 조용했다. 부모님과 지배인이 탁자에 앉아서 귓속말로 이야기하거나, 문에 기대어 귀를 기울이고 있는지도 모를 일이었다.

그레고르는 안락의자를 천천히 문 쪽으로 밀고 나갔다. 그리고는 문짝에 매달리다시피 하여 몸을 일으켜 세웠다. 그의 가느다란 다리의 불룩한 끝에는 끈적거리는 액이 약간 묻어 있었다. 이처럼 힘을 쏟느라 피곤해진 그는 잠시 그곳에서 휴식을 취했다. 그러고 나서, 그는 문에 선 채 입으로 자물쇠 속의 열쇠를 돌리기 시작했다. 하지만 그에게는 제대로 된 이빨이 없는 것 같았다. 그러니 무엇으로 열쇠를 잡아야 한단 말인가? 하지만 다행히도 억센 턱이 있었다. 그 덕분에 그는 열쇠를 돌릴 수 있었다.

그런데 그는 어딘가 상처를 입었는데도, 그때는 그것을 살펴볼 겨를이 없었다. 갈색의 액체가 흘러나와 열쇠 위로 흐르더니 마루 위에 뚝뚝 떨어졌다. 하지만 그는 아랑곳하지 않았다.

"잘 좀 들어 보세요! 그레고르의 방에서 열쇠 돌리는 소리가 들립니다."

옆방에서 지배인이 말하는 소리가 들리자, 그레고르는 기운이 솟는 것을 느꼈다. '그레고르 기운을 내라!' 하고 성원을 보내주었으면 하고 바랐다. 아버지와 어머니도. '이봐, 힘을 내라구. 열쇠를 꼭 붙들어!' 하고 소리쳐 주면 얼마나 좋을까.

모든 사람들이 그가 지금 애쓰는 것을 숨죽이고 지켜보고 있다는 생각이 들자, 그는 젖 먹던 힘까지 다해 정신없이 열쇠를 돌리기 시작했다. 열쇠가 돌아감에 따라, 그의 몸도 춤추듯이 자물쇠 주위를 빙빙 돌아갔다. 이제 그는 단지 입으로만 열쇠를 꽉 물고 있었다. 그리고 필요에 따라 열쇠에 매달리거나, 아니면 열쇠를 그의 몸 전체로 누르기도 했다. 그러다가 마침내 찰칵 하고 자물쇠가 열리는 소리가 들렸다. 그 맑은 소리에 그레고르는 정신이 번쩍 들었다. 그는 안도의 숨을 쉬며 혼자말로 중얼거렸다.

"열쇠 수리공을 부를 필요가 없었어."

그러고 나서 문을 활짝 열어젖히려고 문손잡이 위에 머리를 올려놓았다.

문이 열렸다. 그러나 그레고르가 내내 문에 매달려 있었기 때문에, 바깥에서는 아직 그의 모습을 볼 수 없었다. 그는 우선 천천히 문의 모서리를 따라서 바깥쪽으로 돌아가야만 했다. 더욱이 문 앞에 벌렁 나자빠지게 되는 추태를 보이지 않으려면 각별히 조심해야 했다. 그는 그때까지도 이런 힘겨운 동작에 한눈을 파느라 다른 것에 주의를 기울이지 못했다.

"오오!"

잠시 뒤, 신음하듯 내뱉는 지배인의 소리가 바로 옆에서 들려왔다. ─ 그 목소리는 마치 바람이 윙 하고 지나가는 소리처럼 들렸다. ─ 지배인은 마침내 문 옆에 가까이 있는 그레고르를 보았다. 그레고르를 바로 가까이에서 본 지배인은 반쯤 열린 입을 손으로 막으며 뒤로 어물어물 물러섰다. 그 발걸음은 마치 보이지 않는 어떤 힘에 이끌려서 움직이는 것 같았다.

어머니는 ─ 지배인이 와 있음에도 불구하고, 아침에 일어나서 머리 손질을 하지 못해 헝클어진 상태였다. ─ 두 손을 꽉 맞잡은 채 처음에는 아버지를 쳐다보다가 다음에는 그레고르 쪽으로 두어 걸음 다가왔다. 그러다가 치마를 사방으로 풀썩 휘날리며 그대로 주저앉고 말았다. 그레고르의 흉측한 모습을 보지 않으려는 듯 얼굴은 가슴에 푹 파묻혀 있었다.

아버지는 적의에 가득 찬 표정으로, 그레고르를 방 안으로 도로 밀어 넣으려는 것처럼 주먹을 불끈 쥐고 있었다. 그러나 곧 거실을 불안한 표정으로 두리번거리다가 양손으로 눈을 가리더니, 억센 가슴을 들썩거리며 울어대기 시작했다.

그레고르는 거실로 나가지 않고 꽉 잠긴 한쪽 문에 기대어 있었다. 때문에 그의 몸은 절반밖에 보이지 않았고, 옆으로 갸우뚱 기울인 머리가 그 위로 보일 뿐이었다. 그는 그런 자세로 여러 사람들을 엿보고 있었다.

그러는 동안에 날이 환하게 밝아왔다. 길 건너편으로 회색빛을 띤 커다란 건물이 우뚝 솟아 있었다. — 그것은 병원이었다. — 병원의 일부분이 뚜렷하게 모습을 드러냈다. 거리로 면한 전면에는 규칙적으로 나란히 창문이 뚫려 있었다. 밖에서는 아직도 비가 추적추적 내리고 있었다. 얼핏 보기에도 제법 굵어 보이는 빗방울이 뚝뚝 떨어졌다.

식탁 위에는 아침을 먹고 난 접시들이 잔뜩 쌓여 있었다. 아버지는 세 끼 식사 중에서 아침 식사를 제일 중요하게 생각했기 때문이다. 아버지는 식사를 하면서 이 신문 저 신문을 몇 시간 동안 훑어보는 습관이 있었다.

바로 맞은편 벽에는 그레고르의 군대 시절 사진이 걸려 있었다. 육군 소위로 근무하고 있을 때의 사진인데, 한쪽 손을 군도(軍刀) 위에 대고 자신감 있게 웃고 있는 모습은 마치 그가 자신의 당당함과 군복의 위엄에 대해 경의를 표하라고 요구하는 것 같았다.

응접실 옆으로 통하는 문이 열려 있었다. 그리고 현관문도 열려 있어서 현관 앞과 아래층으로 내려가는 계단의 윗부분이 내다보였다.

"그런데……."

그레고르가 입을 열었다. 그는 오직 자기 한 사람만이 냉정한 태도를 유지하고 있다는 사실을 똑똑히 의식하고 있었다.

"곧 옷을 입고 견본집을 챙겨서 출발하겠습니다. 지금 출발해도 괜찮겠습니까? 그런데 지배인님, 저는 고집불통이 아니라 일하기를 좋아합니다. 그 사실을 알아주셨으면 합니다. 여행 자체는 무척 고달프지만, 난 여행을 하지 않고는 살아나가지 못할지도 모릅니다. 지배인님, 어디로 가실 겁니까? 회사로 가실 건가요? 그러실 거죠? 모든 일을 사실대로 보고하실 겁니까? 지금 당장은 일할 능력이 없어 보일지도 모르지만, 예전 실적을 헤아려서 기회를 주신다면 앞으로 더욱 정신 차리고 집중해서 열심히 일하겠습니다. 지배인님도 아시다시피 저는 사장님께 많은 신세를 졌습니다. 게다가 저는 부모님과 여동생을 돌보아야 합니다.

저는 지금 곤란한 상황에 빠져 있지만, 머지않아 이러한 난관을 극복할 수 있을 겁니다. 하지만 제 처지를 전보다 더 어렵게 만들지는 말아 주세요. 부디 회사에서 제 편을 들어주십시오!

사람들이 외근 영업사원을 좋아하지 않는다는 것을 저도 잘 알고 있습니다. 사람들은 외근 영업사원이 큰 돈을 벌어서 떵떵거리며 살아간다고들 생각하지요. 그렇지만 이런 그릇된 생각을 바로잡아줄 수 있는 기회가 딱히 없지요. 그러나 지배인님, 지배인님께서는 우리 회사의 실정을 다른 누구보다도 더 잘 알고 계시잖습니까.

사실 우리끼리 하는 말이지만, 사장님보다도 지배인님이 더 훤히 내다보고 있잖아요. 사장님은 주인이다 보니, 자칫하면 분별력을 잃고 직원에 대해 불리한 판정을 내리기 쉽습니다. 지배인님도 잘 아시다시피 일 년 삼백육십오일을 밖으로만 돌아다니는 저희 영업사원들은 여러 사람들의 입에 오르내리기도 쉽고, 터무니없이 희생양이 되는 경우도 적지 않습니다. 하지만 영업사원은 그런 사실을 전혀 알지 못하므로 이를 해명하거나 막아낼 방법이 없습니다. 그 내용을 하나도 모르기 때문입니다. 녹초가 된 몸으로 출장에서 돌아와서야 비로소 좋지 않은 결과를 피부로 생생히 느끼곤 하지만, 이유를 알 수 없으니 어떻게 해볼 도리가 없습니다. 지배인님, 제발 돌아가시기 전에 한마디라도 해주세요. 제 말이 적어도 어느 정도는 일리가 있다고 말입니다."

그러나 지배인은 그레고르는 처음 하는 몇 마디 말을 듣자마자 몸을 옆으로 돌려 버렸다. 그러고는 입술을 위쪽으로 비쭉 치켜 올리고 들먹거리는 어깨 너머로만 그레고르 쪽을 돌아볼 뿐이었다.

지배인은 그레고르가 얘기하는 동안 그에게서 한순간도

눈을 떼지 않은 채 잠시도 가만히 있지 않았다. 그러면서 문 쪽으로 슬금슬금 뒷걸음질쳤다. 그는 방에서 나가는 것이 금지라도 되어 있는 것처럼 느릿느릿 움직였다. 그는 어느새 응접실에 가 있었다. 그가 거실에서 날쌔게 발을 빼는 동작을 본 사람이라면, 그가 그 순간 불에 발바닥을 데었다고 생각할지도 몰랐다. 그리고 그는 응접실을 나서면서 계단 쪽으로 오른손을 길게 뻗었다. 마치 그곳에서 이 세상의 것을 초월한 구원의 손길을 간절히 기다리는 것처럼……

그레고르는 회사에서 자신의 위치가 위태로워지는 것을 피하려면, 지금과 같은 기분으로 지배인을 돌아가게 해서는 안 된다고 생각했다. 물론 부모님은 이런 사정을 잘 이해하지 못하겠지만 말이다. 오래전부터 그레고르의 부모는 그가 회사에서 착실하게 일하기만 하면 평생 동안 자기네 생활이 안정될 것이라고 생각해 왔다. 그런데다 부모님은 당장 눈앞에 닥친 걱정거리에 온통 정신을 빼앗겨서 앞날까지 생각할 마음의 여유가 없었다. 하지만 그레고르는 앞일을 걱정하고 있었다.

그는 지배인을 가지 못하게 붙들어놓고 설득한 다음 어

떻게든 환심을 사두어야 한다고 생각했다. 그레고르와 가족들의 장래가 그에게 달려 있지 않은가!

이 자리에 여동생이 있으면 좋으련만! 그 애는 매우 영리했다. 여동생은 그레고르가 등을 대고 조용히 누워 있을 때 울지 않았던가. 여자들 앞에서는 맥을 못 추는 지배인이니까, 여동생의 말을 들으면 마음을 돌려먹었을 텐데. 여동생이라면, 현관문을 꼭 닫은 다음 현관에서 지배인을 붙잡고 서서 오늘 일어난 놀라운 사건에 대해 모조리 해명하여 공포를 달래줄 수도 있었을 텐데. 그러나 지금 이 자리에 없기 때문에 그레고르 자신이 직접 나설 수밖에 없는 상황이었다.

그래서 그는 자신이 과연 몸을 움직일 수 있는 능력이 어느 정도인지 생각하지 않고, 또한 자신이 무슨 말인가를 한다고 해도 십중팔구는 상대방이 알아듣지 못할 것이라는 것을 생각하지도 않은 채 갑자기 문짝에서 몸을 떼고는 거실로 몸을 들이밀었다. 곧바로 지배인 쪽으로 달려갈 작정이었다. 지배인은 우스꽝스럽게도 현관 앞의 난간을 두 손으로 꼭 붙잡고 있었다.

방에서 나온 그레고르는 몸을 지탱할 곳을 찾다가 나직

하게 소리를 지르며 자신의 수많은 다리들을 깔고 금방 넘어지고 말았다. 그런데 그렇게 넘어지자마자 그는 이날 아침 처음으로 몸이 편안해지면서 어떤 쾌감이 밀려왔다. 가느다란 다리들이 바닥을 확실하게 디딜 수 있게 된 것이다. 다리들이 그의 마음대로 따라주는 것을 깨닫고 그는 너무 기뻤다. 심지어는 그가 가고 싶은 방향으로 몸을 이끌고 앞으로 나아가려고 애를 쓰기도 했다. 조금만 참으면 모든 고통이 사라지고 몸이 완전하게 회복될 수 있을 것 같았다.

그는 무턱대고 움직이고 싶은 충동을 억누르며 어머니에게서 그리 멀리 떨어지지 않은 곳에 이르렀다. 그때 움직임을 멈추는 바람에 흔들거리는 몸으로 그가 어머니를 마주보며 바닥에 엎드려 있는 그 순간, 얼빠진 사람처럼 멍하니 있던 그의 어머니가 별안간 벌떡 일어나더니 두 팔을 허공에 쭉 뻗어 내저으며 소리를 질렀다.

"사람 살려요! 아이고, 제발 사람 좀 살려요!"

어머니는 그레고르의 모습을 좀 더 자세히 보려는 듯 머리를 숙이더니, 쳐다보기는커녕 그 반대로 머리를 갸우뚱거리며 정신없이 뒤로 물러섰다. 어머니는 뒤쪽에 아침 식사를 차려놓은 식탁이 있는 것을 까맣게 잊어버리고 있다가 식탁에 몸이 부딪치자, 자기도 모르게 그만 식탁 위에 털썩 올라앉았다. 그 바람에 식탁 위에 놓여 있던 커피 주전자가 엎어져서 담겨 있던 커피가 양탄자 위로 흘러내렸다. 하지만 어머니는 너무나 놀란 나머지 그 사실조차 알아채지 못하는 것 같았다.

"어머니, 어머니!"

그레고르가 아주 작은 목소리로 부르며 어머니 쪽을 쳐다보았다. 잠시 동안, 그레고르는 지배인에 대한 생각을 까맣게 잊어버렸다. 그는 흘러내리는 커피를 보자 마시고 싶은 충동을 억제하지 못하고 몇 번이나 허공을 향해 입을 짝 벌리곤 했다. 그러한 그레고르의 모습을 본 어머니는 또다시 비명을 지르며 식탁에서 뛰어내려 달아나다가 맞은 편에서 달려온 아버지 품 안에 쓰러졌다.

그러나 그때 그레고르는 부모님에게 신경 쓸 겨를이 없었다. 지배인이 벌써 계단을 내려가고 있었기 때문이었다. 도망친 지배인은 턱을 난간에 대고 마지막으로 뒤를 돌아다보았다. 그레고르는 어떻게든 지배인을 따라잡으려고 도움닫기 자세를 취했다. 그러자 지배인은 무슨 예감이 들었는지 한달음에 몇 계단씩 뛰어내려 모습을 감추고 말았다. "휴, 살았다!" 하고 내지르는 소리가 계단 전체에 울려 퍼졌다.

지배인이 도망치자, 그때까지 침착한 태도를 유지하던 아버지가 갑자기 혼란에 빠진 것 같았다. 지배인을 붙잡으러 직접 달려가지는 않더라도 적어도 그를 뒤쫓는 그레고르를 방해하지는 말아야 할 텐데. 그러는 대신 아버지는 오른손으로 모자랑 외투와 함께 지배인이 안락의자 위에 두고 간 지팡이를 움켜쥐었고, 왼손으로는 식탁 위에 있던 신문을 집어 들었다. 그러고는 발을 동동 구르면서 지팡이와 신문을 마구 휘둘러 그레고르를 그의 방으로 몰아넣으려 했다. 그레고르가 아무리 애원해도 소용이 없었다. 그가 애원하는 말 따위는 알아들을 수도 없었을 것이다. 그레고르는 할 수 없이 단념하고 고분고분하게 머리를 돌렸으나 아버지는 더욱 세차게 발을 굴러댈 뿐이었다.

저쪽에서는 날이 몹시 쌀쌀한데도 불구하고 어머니가 창문을 활짝 열어젖혔다. 그러더니 상체를 위험할 정도로 밖으로 쑥 내밀고는 얼굴을 두 손으로 감싼 채 하염없이 찬 공기를 쐬었다.

그때 마침 골목길과 계단 사이에서 세찬 바람이 휘몰아쳐 창문에 쳐진 커튼이 휘날렸고, 식탁 위의 신문이 흩날리다가 그중 몇 장이 마루 위로 날아 떨어졌다. 아버지는 사정없이 그레고르를 몰아대면서 마치 사나운 원시인처럼 쉿쉿 하는 소리를 질러댔다.

그러나 그레고르는 뒤로 가는 연습을 한 번도 해보지 않아서 움직이는 동작이 매우 더뎠다. 만일 한 번에 휙 돌아설 수 있었다면 바로 자기 방으로 들어갔을 것이다. 그러나 몸을 돌리는 데 시간이 너무 많이 걸렸다. 때문에 그는 아버지를 화나게 할까봐 겁을 내면서, 언제 지팡이로 얻어맞을지 몰라 등골이 오싹했다.

그렇지만 이제 그레고르에게는 별다른 방도가 없었다. 뒤로 가다 방향조차 제대로 잡을 수 없다는 것을 깨닫고 소스라치게 놀랐기 때문이었다. 그래서 그는 아버지 쪽을 흘깃흘깃 쳐다보며 가능한 한 빨리 방향을 돌리려고 기를 썼다. 그렇지만 실제로 그 동작은 너무나도 느렸다.

아버지는 그가 방향을 돌리기 시작한 것을 보고 그에게 적의가 없음을 눈치 챈 모양이었다. 아버지는 몸을 돌리는 그를 방해하지 않고 멀찍이 떨어져서 이따금씩 지팡이의

끝으로 그가 도는 동작을 지휘하기까지 했던 것이다. 지팡이로 몰아댈 때 쉿쉿 하는 소리만 내지 않아도 좋으련만! 그레고르는 그 소리에 혼이 싹 달아나 버렸다. 이제 거의 다 돌았나 싶었는데, 쉿쉿 하는 소리에 진저리를 치다 정신이 헷갈려서 그만 방향을 잘못 잡고 말았다. 몸이 약간 옆으로 돌아가게 되었다. 그러나 다행히도 그의 머리가 문 앞에 닿았다.

하지만 그대로 문을 통과하기에는 그의 몸집이 너무나도 불룩했다. 물론 그를 문 안으로 들어갈 수 있게 하려면 닫혀 있는 다른 문을 열어주어 통로를 만들어주면 되었을 텐데, 그때의 아버지 상태로서는 그런 생각이 좀처럼 머리에 떠오르지 않는 모양이었다. 아버지는 어떻게 해서든지 그레고르를 빨리 그의 방으로 몰아넣어야 된다는 생각밖에 하지 않았다.

그레고르는 아까 방에서 나올 때처럼 몸을 일으켜 세우면 문제없이 문을 통과하리라고 생각했다. 하지만 그렇게 하려면 여러 가지로 까다로운 준비가 필요했다. 그러나 아버지는 절대로 그것을 준비하는 데 필요한 시간을 용납할 것 같지 않았다.

아버지는 그러한 장애는 생각지도 않고, 도리어 계속해서 이상한 소리를 내며 기를 쓰고 그레고르를 앞으로 몰아댔다. 그레고르의 뒤에서 들리는 소리는 어느덧 아버지 한 사람이 혼자서 내는 목소리가 아닌 것 같았다. 사실 이쯤 되니 정말이지 더는 농담이 아니었다.

그래서 그레고르는 — 될 대로 되라는 듯이 — 문을 향해서 돌진했다. 그의 몸 한쪽이 약간 들리는가 싶더니, 그의 몸 전체가 문 입구에 비스듬히 걸리게 되었다. 그러는 와중에 한쪽 옆구리에 난 상처가 스치면서 흰색 문에 보기 흉한 얼룩을 남기고 말았다. 이내 그의 몸이 문에 꽉 끼게 되어, 혼자서는 옴짝달싹할 수 없는 지경이 되었다. 게다가 한쪽에 달린 다리들은 허공에서 바르르 떨고 있었으며, 다른쪽 다리들은 바닥에 짓눌려 욱실욱실 아파왔다.

그때 아버지가 그를 구하기라도 할 것처럼 뒤에서 확 밀쳤다. 그 바람에 피투성이가 된 그의 몸이 허공에 붕 떠올랐다가 방 안으로 깊숙이 밀려 떨어졌다. 아버지가 지팡이로 밀어 문을 쾅 하고 닫자 주위가 갑자기 조용해졌다.

2

어스름한 저녁 무렵에야 비로소 그레고르는 실신 상태와
도 같은 괴로운 잠에서 깨어났다. 누가 건드리지 않아도
그 이상 더 오래 잠을 잘 수는 없었을 것이다. 그는 실컷
잠을 자고, 충분히 쉬었다고 느꼈기 때문이다. 그럼에도
그는 잠결에 재빨리 걸어가는 발자국 소리와 현관방으로
통하는 문이 조심스럽게 닫히는 소리에 잠이 깬 것처럼
느껴졌다.

밖의 가로등 불빛이 여기저기 천장과 가구 위를 흐릿하
게 비추고 있었다. 그러나 그레고르가 누워 있는 아래쪽은
깜깜했다.

그는 그때야 비로소 진가를 알게 된 자신의 더듬이로

더듬더듬 바닥을 더듬어 가며 문 쪽을 향해 몸을 움직였다. 문밖에서 무슨 일이 일어났는지 살펴보기 위해서였다.

왼쪽 옆구리 어딘가에 기다란 상처가 나서 불쾌하게 잡아당기는 것 같았다. 그래서 그는 두 줄의 가느다란 다리들을 절름거리며 번갈아서 나아갈 수밖에 없었다. 아침에 사고가 났을 때 다리 하나를 몹시 다쳤기 때문에 — 하여튼 다리 하나만 다쳤다는 것은 거의 기적이라고 할 수 있는 일이지만 — 맥없이 질질 끌려갔다.

문 옆에까지 와서야 비로소 그는 무엇이 자기를 문 쪽으로 이끌었는가를 깨달았다. 그것은 바로 음식물의 냄새였다. 거기에는 우유가 가득 담긴 작은 대접이 놓여 있었는데, 그 우유 속에 흰 빵 조각이 둥둥 떠 있었다.

몹시 배가 고팠던 그레고르는 너무나 기쁜 나머지 하마터면 큰 소리로 웃을 뻔했다. 아침때보다도 훨씬 배가 고팠기 때문이었다. 그는 곧 눈 위까지 잠기도록 머리를 우유 속에 처박았다.

그러나 그는 이내 실망해서 고개를 빼내고 말았다. 왼쪽 옆구리가 거북해서 먹는 데 불편했을 뿐 아니라 — 거칠게 숨을 몰아쉬며 온몸을 함께 사용해야 겨우 먹을 수 있었다.

— 우유 맛이 제대로 나지 않았던 것이다. 평소에 그가 좋아하는 음료인데 말이다. 분명 그 때문에 그레테가 일부러 들여놓았을 것이다. 그는 우유 맛을 보자마자 그만 역겨운 기분이 들어, 대접에서 몸을 돌려 방 한가운데로 기어서 돌아왔다.

그레고르가 문틈으로 들여다보니 거실에는 가스등이 켜져 있었다. 그러나 집 안이 매우 조용했다. 전 같으면 아버지가 약간 높은 목소리로 어머니나 그레테한테 저녁 신문을 읽어주곤 했었는데, 어쩐 일인지 지금은 아무 소리도 들리지 않았다. 신문을 읽어주는 일을 여동생이 늘 그에게 이야기해 주고 편지로 적어 보내기도 했는데, 최근 들어서는 그런 일을 아예 그만둔 모양이었다. 하지만 아무도 없는 상태로 집을 비웠을 리는 없을 텐데, 사방이 너무 고요하게 가라앉아 있었다.

"집 안이 어쩌면 이렇게도 조용할까?"

그레고르는 이렇게 혼잣말을 하며, 눈앞의 어둠을 뚫어져라 바라보았다.

그는 부모님이나 여동생이 이런 멋진 집에서 안락한 생활을 할 수 있게 해준 사람이 자신이라는 사실에 커다란 자부심을 느꼈다. 그런데 이 안락함과 만족이 이제 끔찍한 종말을 맞이하게 되면 어떡하지? 왜 이렇게 무서운 상황이 닥쳐오는 걸까? 그레고르는 불길한 생각에 빠지지 않으려고 캄캄한 방 안을 이리저리 기어 다녔다.

그렇게 오랜 시간이 흐르는 동안 한 번은 옆문이, 또 한 번은 다른 쪽 문이 조금 열렸다가 급히 닫혀 버렸다. 누군가 방 안으로 들어오려고 하다가 선뜻 들어오지 못하고 자꾸 망설이는 모양이었다.

그래서 그레고르는 어떻게 해서든지 주저하고 있는 사람을 안으로 끌어들이든지, 그렇지 않으면 적어도 그가 누구인지 알아볼 작정으로 거실 문 옆에 찰싹 붙어 있었다. 그러나 다시는 문이 열리지 않았고, 그레고르가 아무리 기다려 봐도 소용없는 일이었다.

아침에 문이 잠겨 있었을 때에는 모두들 방 안에 들어오려고 법석을 떨더니, 지금은 자기가 한쪽 문을 열어놓고 다른 쪽 문들은 낮부터 쭉 열려 있었는데도 아무도 들어오려고 하지 않았다. 그리고 지금은 열쇠들도 모두 바깥쪽에 꽂혀 있는데 말이다.

밤이 깊어서야 거실의 불이 꺼졌다. 그래서 부모님과 여동생이 늦게까지 잠을 자지 않고 있었다는 것을 쉽사리 알 수 있었다. 왜냐하면 그때 세 사람이 모두 발끝으로 살금살금 걸으며 멀어져 가는 소리가 똑똑하게 들려왔기 때문이다.

물론 다음 날 아침까지도 그레고르의 방에 아무도 들어오지 않을 것이 분명했다. 그 덕분에 그레고르는 이제부터 자기의 생활을 어떻게 꾸려 나가야 할까 하고 혼자서 조용히 생각해 볼 여유를 가질 수 있었다.

그런데 거의 누군가에게 강요당하듯이 속절없이 납작 엎드려 있지 않을 수 없는 높다랗고 휑한 방이 그의 마음을 몹시 불안하게 했다. 그는 자신이 무려 5년 전부터 살았던 방임에도 불구하고, 왠지 알 수 없는 수치심을 느끼면서 소파 밑으로 급히 기어 들어갔다. 조심을 했는데도 등허리가 내리눌려 머리를 제대로 들 수 없는 것 말고는 방 안의 다른 곳보다 안정감 있게 느껴졌다. 다만 그의 몸이 소파 밑으로 완전히 들어가기에는 너무 넓적하다는 것이 한탄스러울 뿐이었다.

그레고르는 밤새도록 소파 밑에 누워서 때로는 약한 잠에 들었다가 배가 고픈 나머지 깜빡 깨기도 했고, 때로는

걱정에 사로잡히거나 막연한 희망에 잠기기도 하면서 하룻
밤을 지새웠다. 결국 그가 얻은 결론은 어쩔 수 없이 일어
나게 되는 불편한 일들을 견뎌내고, 가족을 최대한 배려함
으로써 참아내는 수밖에 도리가 없다는 것이었다.

　아직 날이 밝지도 않은 이른 새벽녘에, 그레고르가 마음
속으로 결정한 것을 시험해 볼 기회가 생겼다. 이미 옷을
다 갖춰 입은 여동생이 응접실 쪽에서 다가와 문을 열고는
잔뜩 긴장된 표정으로 방 안을 들여다보았다. 그레테는 그
를 바로 찾아내지 못했지만, 이내 소파 밑에 있는 것을 알
아차리자 — 원 참, 어디건 방 안에 있을 수밖에 없지 않은
가. 그렇다고 어딘가로 날아서 달아날 수도 없는 노릇 아닌
가. — 소스라치게 놀란 나머지 어찌할 바를 모르다가 밖에
서 문을 쾅 닫아 버렸다. 그러나 자신의 행동을 후회라도
했는지, 곧 다시 문을 열고는 마치 중환자나 낯선 집을 몰
래 방문했을 때처럼 발꿈치를 들고 살금살금 걸어서 들어
왔다.

　그레고르는 머리를 소파 가장자리까지 바싹 내밀고 여동
생을 올려다보았다. 여동생은 과연 우유를 다 먹지 않고
남겼다는 것을 알아차릴까? 사실은 배가 불러 남겨놓은

것이 아닌데……. 그레테가 입맛에 맞는 다른 음식을 방으로 날라다 줄까? 만약 그레테가 자진해서 맛있는 음식을 갖다 주지 않는다면, 그렇게 하도록 주의를 환기시키느니 차라리 그대로 굶어죽는 편이 나을 거야. 그럼에도 불구하고 사실은 소파 밑에서 한시라도 빨리 뛰쳐나가 여동생 발밑에 몸을 던지고는, 무엇이든 먹을 만한 음식을 갖다 달라고 부탁하고 싶은 생각이 굴뚝같았다.

그런데 여동생은 우유가 주위에 약간 쏟아져 있을 뿐, 아직 대접 안에 가득 차 있는 것을 보고 몹시 의아해하는 것 같았다. 그리고는 이내 맨손이 아니라 걸레로 그것을 받쳐 들고는 밖으로 나가 버렸다. 그레고르는 여동생이 우유를 들고 나간 대신에 무엇인가를 가지고 올지도 모른다는 기대를 하며, 이것저것 상상을 해보았다. 하지만 마음씨 착한 여동생이 실제로 무엇을 가져올는지는 도무지 알 수가 없었다.

그러나 정작 기대를 저버리지 않고 여동생이 여러 가지 음식을 갖고 나타나자, 그는 여동생이 무슨 뜻에서 그랬는지 알지 못해 어리둥절해 했다. 그레테는 자기 오빠가 무엇을 좋아하는지 시험해 보려는 듯 가지고 온 음식을 가져와서 헌 신문지 위에 펼쳐놓았다. 반쯤 썩은 오래된 야채가 있는가 하면 식구들이 먹다 남긴 뼈다귀가 있었는데, 거기엔 흰 소스가 굳은 채 주위에 엉겨 붙어 있었다. 그리고 건포도와 아몬드 몇 알, 이틀 전에 그레고르가 먹지 못하겠다고 말한 치즈 조각, 아무것도 바르지 않은 말라빠진 빵, 버터 바른 빵, 버터를 바르고 소금을 뿌린 빵도 있었다. 그리고 그레고르의 전용으로 정한 듯한 대접을 갖다 놓았는데, 거기에 물이 담겨 있었다.

그레테는 그레고르가 자기 앞에서는 먹지 않을 것이라는 것을 재빨리 알아차리고는 나가 버렸다. 그러고는 그레고르가 편한 마음으로 실컷 먹어도 된다는 뜻에서 그런 것인지는 모르지만, 밖에서 열쇠를 돌려 문을 잠가주기까지 했다.

이제 음식을 먹으러 가려고 하니 그레고르의 가느다란 다리들이 바르르 떨렸다. 하지만 어느새 그의 상처가 다 나았는지 크게 불편하지는 않았다. 그는 상처가 다 나았다는 것이 매우 놀랍게 느껴졌다. 그러고 보니 한 달도 전에 칼에 살짝 베인 손가락의 상처가 엊그제까지도 제법 아팠다는 것이 생각났다.

'혹시 감각이 둔해진 건 아닐까?'

그레고르는 이렇게 생각하며, 무엇보다도 입맛을 돌게
하는 치즈부터 먹기 시작했다. 다른 어떤 음식물보다 치즈
가 즉각 그의 마음을 강하게 사로잡았던 것이다. 그리고는
정신없이, 너무나 흐뭇한 나머지 눈물까지 흘려가며 야채
와 소스 등을 차례대로 게걸스럽게 먹어치웠다. 반면 신선
한 음식들은 맛이 없었다. 그런 것들은 도리어 냄새조차도
맡기 싫을 만큼 역겨워서, 그는 자기가 먹고 싶은 것만 한
쪽으로 끌어다놓기까지 했다.

그는 일찌감치 먹을 것을 다 먹어치우고 그 자리에 늘어
지듯 누워 있었다. 그때 밖에서 그레테가 천천히 열쇠 돌리
는 소리가 들려왔다. 그 소리는 마치 그레고르에게 얌전히
제자리로 물러가라는 신호처럼 들렸다.

막 잠이 들 뻔했던 그레고르는 열쇠 소리에 화들짝 놀라,
소파 밑으로 부랴부랴 기어 들어갔다. 여동생이 방 안에
있는 것은 아주 잠시 동안이었지만, 비좁은 소파 밑에 들어
가 있으려면 대단한 극기심이 필요했다. 배부르게 먹어 몸
집이 약간 둥그스름하게 되는 바람에 비좁은 그곳에서 숨
을 제대로 쉴 수 없었기 때문이었다. 그는 숨이 막힐 것

같은 답답한 상태에서 약간 튀어나온 두 눈으로 아무것도 모르는 여동생의 행동을 지켜보았다.

아무것도 눈치 채지 못한 그레테는 남은 음식 찌꺼기뿐만 아니라 그레고르가 전혀 손도 대지 않은 음식까지도 이제 못 먹게 되었다는 듯 빗자루로 쓸어 모았다. 그러더니 그것을 성급히 어떤 통에 붓고 나서 나무 뚜껑으로 덮어버린 다음 이내 방 밖으로 가지고 나갔다. 그레테가 나가자마자 그레고르는 소파 밑에서 기어 나와 웅크리고 있던 몸을 쭉 펴서 불룩하게 만들었다.

그 뒤로 그레고르는 매일 이런 식으로 하루에 두 번씩 음식을 받아먹었다. 첫 번째 식사는 아침에 부모님과 하녀가 아직 잠을 자고 있을 때이고, 두 번째 식사는 다른 식구들이 모두 점심을 먹은 다음이었다. 점심을 먹고 나면 부모님은 잠시 낮잠을 잤고, 하녀는 여동생이 이런저런 심부름을 시켜 밖으로 내보냈기 때문이었다.

그들도 분명 그레고르가 굶어죽는 것을 바라지는 않았겠지만, 여동생이 얘기해 주는 것 이상으로 그의 식사에 대해 알고 싶지는 않은 모양이었다. 게다가 여동생은 아무리 사소한 일이라고 하더라도 되도록이면 부모님께 슬픈 소식을 들려주고 싶지 않았을 것이다. 그러지 않아도 그들은 충분히 고통을 겪고 있으니까.

한편 그날 오전에 불러온 의사와 열쇠 수리공에게 뭐라고 핑계를 대서 그들을 돌려보냈는지 그레고르는 도저히 알 수가 없었다. 그의 말을 알아들을 수 없으므로, 그도 다른 사람들의 말을 알아들을 수 있을 거라고는 아무도 생각하지 않았던 것이다. 여동생조차도 그 점에서는 다른 식구들과 마찬가지였다. 그레고르는 여동생이 자기 방에 들어와 있는 것으로 만족해야만 했는데, 그때 그는 가끔 여동생이 한숨을 쉬며 하느님을 부르는 소리를 듣곤 했다.

얼마 후, 여동생이 이 모든 것에 약간 익숙해졌을 때 — 물론 그렇다고 완전히 익숙해지는 것은 기대할 수 없지만 — 때때로 다정한 말씨나 다정하다는 의미로 받아들일 수 있는 말들을 듣기도 했다. 그레테는 그의 방에 들어와서 그레고르가 식사를 남김없이 먹어치웠을 때는 "아! 오늘 식사는 맛이 있었나봐!"라고 말했다. 그러나 반대로 음식을 거의 먹지 않고 남겼을 경우에는 — 그런 경우가 대부분이었지만 — "아이고, 오늘은 먹지 않고 그대로 남겼네." 하고 말하면서 풀 죽은 표정을 짓기 일쑤였다.

그레고르는 직접 새로운 소식을 들을 수는 없었지만, 그래도 옆방에서 들려오는 이런저런 소리들을 엿들을 수는 있었다. 일단 옆방에서 말소리가 들려오기만 하면 즉시 그방의 문 옆으로 달려가서 온몸을 문에 바싹 갖다 붙였다. 비록 은밀하게 얘기를 나누더라도, 특히 처음 얼마 동안은 모든 대화가 어떤 식으로든 그와 관계되는 것이었다.

처음 이틀 동안은 식사 시간마다 주제가 늘 같았는데, 그건 '지금부터 어떻게 행동해야 할까?'를 가족들이 의논하는 소리였다. 하지만 식사 시간이 아닐 때도 같은 주제에 대한 이야기를 주고받았다. 어떤 경우라도 집을 비워둘 수 없기 때문에 누군가는 집에 남아 있어야 하는데, 아무도 혼자 남아 있으려고 하지 않았다.

또한 하녀 아나는 그레고르가 변신한 바로 그날 — 이 사건에 관해서 무엇을 얼마나 알고 있는지는 확실하지 않았지만 — 이 집에서 당장 내보내달라고 어머니에게 무릎을 꿇고 애원했다. 그리고 15분 후에 하녀는 작별 인사를 하면서, 자기를 이 집에서 내보내주는 것이 굉장한 은혜인 것처럼 눈물을 흘리며 고마워했다. 그러면서 아무도 그녀에게 부탁하지도 않았는데, 이 사건에 관해서 다른 사람들에게 절대로 말하지 않겠다고 엄숙히 맹세하고는 사라졌다.

그래서 여동생은 어머니를 도와서 음식을 비롯한 집안일을 하지 않으면 안 되었다. 하지만 모든 식구들이 음식을 거의 먹지 않았기 때문에 그다지 힘들지는 않았다. 그들은 한 사람이 다른 사람에게 식사를 하라고 부르면 아무 대답이 없거나, 그렇지 않으면 "고마워. 난 됐어."라든가 그와 비슷하게 대답하는 소리를 그레고르는 수없이 들었다.

아마 술도 마시지 않는 것 같았다. 때로는 여동생이 아버지에게 맥주를 마시지 않겠느냐고 물으면서, 그럴 의향이 있다면 그것을 자기가 사오겠다고 상냥하게 말하는 소리가 들렸다. 하지만 아버지는 아무 대답 없이 침묵을 지켰다. 여동생은 아버지의 난처한 입장을 생각해서 여러 가지로 애를 쓰는 것 같았다. 여동생이 "그럼 관리인을 보낼까요?"라고 묻자, 아버지는 마침내 참지 못하고 "그럴 필요 없다."고 무겁게 입을 열어 일단락을 지으셨다. 그래서 이에 대해 다시는 입도 뻥긋하지 않게 되었다.

그 일이 일어난 바로 그날, 아버지는 어머니와 여동생에게 집안의 전반적인 재정 상태와 앞으로의 일들에 대해 상세하게 설명했다. 아버지는 때때로 의자에서 일어나 작은 금고 속에서 증서라든가 장부 같은 것을 꺼내 와서 보여 주기도 했다. 그 금고는 5년 전에 사업에 실패하여 파산했을 때 간신히 건진 물건인데, 아버지가 그 복잡하게 생긴 자물쇠를 열고서 물건을 꺼낸 다음 다시 잠그는 소리가 간간이 들려왔다.

아버지가 재산을 비롯한 집안 사정에 대해 설명하는 것은, 어떤 면에 있어서는 그레고르가 자신의 방에 갇히고 나서 듣게 된 이야기들 중에서 처음으로 기쁘고 반가운 것이었다. 그레고르는 아버지의 사업이 망했을 때 한 푼도 건지지 못했다고 생각해 왔다. 적어도 아버지는 그와 상반되는 얘기를 한 적이 한 번도 없었고, 그레고르 역시 이에 대해 아버지에게 물어본 적이 없었던 것이다.

그 당시 그레고르가 느끼는 심적 고통은 이만저만한 것이 아니었다. 그는 사업상의 불행으로 모든 식구들이 절망적인 상황 속에 빠지는 일이 없게 하려고 애썼으며, 될 수 있는 대로 그 사실을 속히 잊어버리게 하려고 온갖 힘을 다 기울였었다. 그래서 그는 당시에 눈코 뜰 새 없이 열심히 일했으며, 그 결과 일개 점원에서 외근 영업사원으로까지 올라갔던 것이다. 외근 영업사원으로 일을 하다 보면 돈을 모을 수 있는 기회가 적지 않을 뿐 아니라, 계약이 성사되면 수수료 명목으로 당장 현금을 손에 넣을 수 있었던 것이다.

그 돈을 집으로 가져와서 식탁 위에 늘어놓고 가족들을 깜짝 놀라게도 하고 기쁘게도 해줬다. 정말 잘나가던 시절이었다. 그 후에도 그레고르는 돈을 많이 벌어 생계를 유지해 나갔지만, 식구들은 처음처럼 기뻐하거나 행복해하지는 않았다. 가족들은 물론이고 그레고르 자신도 자신이 벌어오는 돈으로 식구들이 생활한다는 것에 익숙해져 버린 것이었다. 가족들은 고마워하기는 했지만 당연하다는 듯이 돈을 받았고, 그레고르도 기꺼운 마음으로 돈을 내놓았다. 그러나 따스한 마음이 특별히 오고간 적은 없었다.

그래도 여동생만은 그와 가깝게 지냈다. 그리고 그레고르와는 달리 그레테는 음악을 좋아했고, 심금을 울릴 정도로 기가 막히게 바이올린 연주를 잘했다. 그는 여동생을 음악학교에 보내 제대로 공부시키려는 계획을 마음속에 은근히 품고 있었다. 물론 많은 비용이 들겠지만, 그것은 크게 걱정하지 않아도 될 것 같았다. 그 비용쯤은 여러 가지 방법으로 얼마든지 벌어서 충당할 수 있을 거라고 생각했다. 그레고르가 며칠간 집에 머물 경우, 여동생하고 이런저런 얘기를 나누다보면 종종 음악학교 이야기가 나오기도 했었다.

그러나 그것은 이루어질 수 없는 아름다운 꿈에 불과했다. 부모님은 여동생의 말에 단 한 번도 귀 기울인 적이 없었다. 그러나 그레고르는 여동생의 말을 귀담아 들으면서 그녀의 꿈을 이루어주어야겠다고 결심했고, 크리스마스이브에 자신의 계획을 식구들에게 알려야겠다고 작정하고 있었다.

그레고르가 문에 붙어서 들려오는 소리에 귀를 기울이고 있는 동안, 현재의 자기 처지에서는 아무 소용도 없는 이런저런 생각들이 마구 머릿속을 휘젓고 지나갔다. 때로는 온몸이 너무나 피곤해서 귀를 기울이는 것이 불가능할 정도였다. 그러다가 그는 머리를 문에 부딪치기도 했는데, 그럴 때면 아픈 머리를 얼른 똑바로 세웠다. 부딪칠 때 난 조그마한 소리가 옆방에 있는 사람들에게 들린 모양인지 다들 하던 얘기를 중단하고 입을 다물어 버렸기 때문이었다.

그럴 때면 아버지가 문 쪽을 향해 "또 무슨 짓을 하는구나."라고 말하는 소리가 분명히 들렸다. 그리고는 중단했던 이야기를 다시 이어가기 시작했다.

그레고르는 그들이 주고받는 이야기의 내용을 충분히 알게 되었다. 아버지가 같은 얘기를 몇 번이고 되풀이해서 설명했기 때문이었다. 그것은 아버지 자신이 이런 일에 대해 얘기해 본 지가 꽤 오래된 탓도 있었고, 또 한편으로는 어머니가 무슨 말이든 한 번에 바로 알아듣지 못한 탓이기도 했다. 이 모든 불행에도 불구하고 옛날 재산의 일부가 아직도 조금은 남아 있었고, 그동안에 손도 대지 않고 내버려둔 덕분에 이자가 붙어 재산이 약간 늘어나게 되었다는 사실을 아버지의 얘기를 통해 알 수 있었다.

그 밖에도 그레고르가 다달이 집에 가지고 온 돈도 전부 써 버리지는 않아서 — 그레고르는 자기 자신을 위해서는 최소한의 용돈밖에 쓰지 않았기 때문이다. — 모아진 돈이 제법 되었다. 그레고르는 문 뒤에 붙어 서서 고개를 끄덕이며, 뜻밖에도 식구들이 이처럼 신중하게 절약했다는 사실에 기뻐했다.

사실 이런 정도의 여유 돈이 있었다면 아버지가 사장에게 진 빚을 진작 갚았을 테고, 또한 지긋지긋한 직장도 벌써 그만두었을 것이다. 그러나 상황이 이렇게 되고 보니, 아버지가 그렇게 한 것이 도리어 참 잘한 셈이었다.

그러나 돈을 조금 모아두었다고는 하지만, 그 이자로 가족들 모두가 먹고 살기에는 터무니없이 모자라는 금액이었다. 아마 1년, 오래가야 2년은 버티겠지만 그 이상은 어려울 것이다. 그러니까 그 돈은 만일의 경우에 대비해서 남겨둬야 하는 비상금일 뿐이었다.

그래서 누구든지 그레고르 대신에 생활비를 꼬박꼬박 벌어 와야 할 형편이었다. 아버지는 몸은 건강하지만 벌써 5년째 아무 일도 하지 않았고, 어쨌거나 자신감이 많이 떨어진 노인에 불과했다. 아버지는 과거에 무척 힘들게 일하면서도 성공을 거두지 못했다. 최근 5년 동안은 그의 삶에서 최초의 휴가인 셈인데, 그간 살이 많이 쪄서 몸놀림이 많이 둔해져 있었다.

그렇다면 늙은 어머니가 돈을 벌어 와야 한단 말인가? 어머니 역시 나이가 많이 들었을 뿐 아니라 천식까지 앓고 있어서 그럴 처지가 못 되었다. 어머니는 집 안을 돌아다니는 것도 무척 힘들어했으며, 이틀에 한 번은 으레 호흡 곤란을 일으켜서 창문을 열어놓고 소파에 누워 지내는 형편이었다.

형편이 이러했기 때문에 열일곱 살짜리 어린 여동생이
돈을 벌어 와야 한단 말인가? 그런데 지금까지 그레테가
해온 생활이란, 예쁘게 옷을 차려입고 놀러 다니거나 실컷
잠을 잔 다음 가끔 어머니가 하는 집안일을 도와주는 정도
였다. 그런가 하면 값싼 공연을 보러 돌아다니는 것을 좋
아했고, 무엇보다도 바이올린 연주하는 것을 즐겼다. 그
런 그레테가 돈을 번다는 것을 어떻게 기대할 수 있단 말
인가.

그러니 생활비를 제대로 벌어들일 만한 사람은 아주 없
는 것이나 마찬가지였다. 옆방에서 돈이 필요하다는 이야
기가 나올 때마다 그레고르는 문에서 벗어나 옆에 놓인
차가운 가죽 소파 위로 몸을 던지곤 했다. 너무나 부끄럽고
서글퍼서 얼굴이 후끈 달아올랐기 때문이었다.

그는 종종 긴긴 밤이 새도록 그곳에 누워 잠을 이루지
못하고 오랫동안 애꿎은 가죽만 쥐어뜯곤 했다. 때로는 힘
드는 줄도 모르고 의자 하나를 창가로 밀어다놓은 다음
창턱에 기어올라 의자에 몸을 의지한 채 창에 기대어, 전
에 그가 창에서 밖을 내다보고 느꼈던 해방감을 되씹어보

기도 했다. 사실 집에서 얼마 떨어져 있지 않은 사물들마저 하루가 다르게 점점 더 흐릿하게 보이고 있었다. 전에는 날이면 날마다 눈만 뜨면 보여 지긋지긋하게 생각되었던 맞은편 거리의 병원 건물도 이젠 더 이상 눈에 들어오지 않았다. 비록 한적하기는 하지만 어디까지나 도시 한가운데인 이 샤를로텐 거리에 살고 있다는 사실을 정확히 알고 있지 못했더라면, 회색 하늘과 회색의 땅이 하나로 어우러져 그 경계를 분간할 수 없는 황무지라고 생각했을지도 모른다.

무슨 일에나 세심한 여동생은 의자가 창가에 있는 것을 딱 두 번 보았을 뿐인데도, 그 후에는 방을 치우고 나면 의자를 정확히 창가 그 자리에 밀어놓곤 했다. 게다가 그때부터는 창의 안쪽 덧문까지도 열어놓았다.

그레고르가 여동생과 대화를 나눌 수 있다면, 그리고 자기를 위해 해주는 모든 일에 고마움을 표할 수 있다면, 그는 여동생이 시중드는 것을 훨씬 편한 마음으로 받아들였을지도 모른다. 그러나 그럴 수 없었기 때문에 그레고르는 몹시 괴로웠다. 물론 여동생은 될 수 있으면 불쾌한 모든 기분을 씻어 버리려고 애를 썼으며, 시간이 흐를수록 점점 나아졌다. 그리고 그레고르 역시도 시간이 경과함에 따라 모든 일을 훨씬 정확하게 꿰뚫어볼 수 있게 되었다.

그러나 이제는 여동생이 들어오기만 해도 그는 가슴이 철렁 내려앉았다. 그전 같으면 그레고르의 방을 아무에게 도 보이지 않으려고 온갖 신경을 다 쓰던 여동생이 이제는 방 안에 들어서면 곧장 창가로 달려가서 마치 숨이 막혀 답답해 죽겠다는 듯이 성급히 창문을 열어젖혔다. 그런 다음 아무리 추운 날이라 할지라도 창가에 서서 잠깐씩 심호흡을 하곤 했다. 이렇게 뛰어다니거나 수선을 피우며 여동생은 하루에 두 번씩 그레고르를 놀라게 했다. 그레테가 방 안에 있는 동안 그레고르는 소파 밑에 웅크린 채 떨고 있어야 했다.

물론 그레테가 창문을 닫은 채 그레고르와 함께 방 안에 있을 수만 있었다면, 분명 그런 일로 자기를 괴롭히지 않았을 것임을 그레고르도 잘 알고 있었다.

*

그레고르가 갑충으로 변한 지 어느덧 한 달이 지난 어느 날이었다. 그동안 여동생이 그의 식사 시중을 들고 가끔 방 청소를 했었기 때문에, 이제 여동생이 그레고르의 모습을 보고 놀랄 특별한 이유가 없었다. 그런데도 언젠가 그레테가 다른 때보다 일찍 그레고르의 방에 들어왔다가, 그가 창밖을 내다보고 있는 모습을 목격하게 되었다. 꼼짝도 않고 창가에 서 있는 그의 모습은 사람을 놀라게 하기에 딱 알맞았다.

하지만 여동생이 방 안에 들어오지 않았다 하더라도 그레고르로서는 그리 뜻밖의 일이 아니었을지도 모른다. 그가 창가에 서 있어서 여동생이 즉각 창문을 여는 데 방해가 되었기 때문이다. 그러나 여동생은 들어오지 않았을 뿐더러 뒤로 물러서면서 문을 닫아 버렸던 것이다. 사정을 모르는 사람은 아마도 그레고르가 여동생을 숨어서 기다리고 있다가 물어뜯으려고 했다고 생각했을는지도 모른다.

물론 그레고르는 부리나케 소파 밑으로 몸을 숨겨 버렸다. 그러나 아무리 기다려도 여동생은 나타나지 않다가 점심때가 되어서야 모습을 드러냈는데, 그때의 모습이 평소보다 훨씬 불안해 보였다.

이런 사실로 보아 그는 여동생이 자신의 추한 꼴을 여전히 참을 수 없어하며, 앞으로도 계속 그럴 거라고 짐작되었다. 그리고 소파 밑으로 불쑥 튀어나와 있는 자기 몸뚱이의 일부를 힐끗 보고도 도망치지 않으려면, 여동생이 이를 악물고서 자신을 이겨내야 한다는 사실도 비로소 알게 되었다. 그리하여 여동생에게 자기의 이런 모습을 보여주지 않으려고, 그는 어느 날 자기 잔등에다가 마로 된 홑이불을 지고 소파 위에 날라다놓은 다음 — 이 일에 네 시간이나 걸렸지만 — 자기 몸이 다 가려질 수 있도록 홑이불을 정돈했다. 그리하여 여동생이 아무리 몸을 굽히고 들여다본다 해도 자기가 보이지 않도록 해놓았다.

여동생이 홑이불 따위는 필요 없다고 생각했다면, 그걸 걷어치울 수도 있었을 것이다. 왜냐하면 그레고르가 재미삼아 몸을 숨기는 것이 아니라는 것쯤은 누가 봐도 분명한 사실이었기 때문이다. 여동생은 홑이불을 먼저 놓인 대로 내버려두었다.

그리고 한번은 자신이 이처럼 이불을 소파에 갖다 놓은 것을 여동생이 어떻게 생각하는지 알아보려고, 머리로 조심스럽게 홑이불을 살짝 들추어보았다. 그때 그는 여동생이 고마워하는 듯한 눈길로 힐끗 자기를 쳐다보는 것처럼 느꼈었다.

처음 두 주일 동안, 부모님은 감히 그의 방에 들어오지 못했다. 그러나 지금은 여동생이 하고 있는 일을 부모님이 전적으로 인정해 주는 소리가 종종 들리곤 했다. 사실 지금까지는 부모님이 볼 때 여동생은 아무짝에도 쓸데없는 딸이라고 생각되었기 때문인지 걸핏하면 화를 내곤 했었다.

하지만 이제는 그레테가 그레고르의 방 안에서 청소를 하는 동안 아버지와 어머니는 방 앞에서 기다리곤 했다. 그러다가 그레테가 방에서 나오면, 나오기가 무섭게 방 안 모습이 어떠한지, 그레고르가 무엇을 먹었는지, 이번에는 어떤 행동을 보였는지, 혹시 회복되는 조짐이라도 보이는지 등을 묻곤 했다. 그러면 여동생은 부모님이 궁금해 하는 점을 아주 작은 것까지 상세히 설명해 주곤 했다.

그러던 어느 날 어머니가 그의 방에 들어가 보겠다고 처음으로 말하자, 아버지와 그레테는 몇 가지 합리적인 이유를 내세우며 한사코 말렸다. 그 이유들에 대해 그레고르도 주의 깊게 들었는데, 그는 아버지와 여동생의 의견이 일리 있다고 생각되었다. 그러나 어머니가 끝내 고집을 부리자, 그들은 어머니를 억지로 제지해야만 했다. 그러자 어머니가 큰 소리로 외쳤다.

"그레고르를 보게 해줘요. 누가 뭐라고 해도 그 애는 내

불쌍한 아들이라고요. 내가 그 아이를 보는 것이 잘못된 거예요? 그런데 도대체 왜 이렇게 말리는 거예요?"

그 소리를 듣자, 그레고르는 어머니가 매일은 아니더라도 일주일에 한 번만이라도 들어와 준다면 정말 좋겠다고 생각했다. 누가 뭐라고 해도 여동생보다는 어머니가 이 모든 일을 훨씬 더 잘 이해해 주리라고 여겨졌기 때문이다. 여동생은 대담하기는 하지만 아직도 어린애에 불과하지 않은가. 어떻게 보면 여동생이 이렇게 힘든 일을 떠맡게 된 것도 단지 어린애처럼 생각이 가벼워서 그랬는지도 모른다.

어머니를 보고 싶어하는 그레고르의 바람은 곧 이루어질 듯싶었다. 이제 낮에는 부모님을 염려해서 창가에 모습을 드러내지 않았다. 그러나 이삼 평방미터밖에 되지 않는 방바닥을 마냥 기어 다닐 수도 없는 노릇이었고, 한밤중에도 가만히 누워 있는 것이 너무나 괴로웠다. 음식을 먹는 일도 얼마 가지 않아 조금도 즐거움을 안겨주지 못했다.

그리하여 그는 끊임없이 벽이나 천정을 좌로 우로, 그리고 위아래로 기어 다니면서 기분을 바꿔보려고 무진 애를 썼다. 그는 특히 천정에 대롱대롱 매달려 있는 것을 좋아했다. 그건 방바닥에 누워 있는 것과는 전혀 다른 기분이었다. 숨도 자유로이 쉴 수 있었고, 가벼운 진동이 온몸에 퍼져 나가면 기분이 좋았다. 간혹 천정에 매달린 채 주체할 수 없는 행복감에 빠져 방심하고 있다가 자신도 모르게 다리들을 떼는 바람에 방바닥으로 철썩 하고 떨어져 혼비백산한 일도 있었다. 그러나 이제는 전과는 달리 자신의 몸을 자유자재로 움직일 수 있었기 때문에 그렇게 높은 데서 떨어져도 다치는 일은 거의 없었다.

그러자 그레테는 그레고르가 혼자서 생각해 낸 이 새로운 취미를 곧 알아챘다. ― 그는 기어 다닐 때 여기저기에 점액이 묻은 찐득찐득한 발자국을 남겨놓았다. ― 그래서 그레테는 그레고르가 될 수 있는 대로 넓은 데서 자유롭게 기어 다닐 수 있도록 하기 위해, 이에 방해가 되는 가구들 ― 서랍장과 책상 ― 을 치워 버리기로 마음먹었다.

그러나 이런 일을 혼자 힘으로는 할 수 없었다. 아버지에게는 도와달라는 말을 도저히 할 수 없었고, 사실 하녀도 자기를 도와줄 것 같지 않았다. 열여섯 살 먹은 이 하녀는 전에 있던 하녀가 나간 후로 집안의 모든 일을 혼자서 도맡아 하기 때문에 무척 힘들어했다. 게다가 부엌을 꼭 잠가두고, 다만 특별한 용무로 주인이 부를 때만 문을 열겠다고 미리 허가를 받아놓은 상황이었다. 그래서 여동생은 아버지가 집에 없을 때를 틈타 어머니에게 도움을 청하는 수밖에 다른 도리가 없었다. 어머니는 아들을 만나리란 생각에 기뻐 어쩔 줄 몰라 하며 여동생의 말에 따랐지만, 그레고르의 방 앞에서는 입을 꼭 다물어 버렸다. 물론 여동생은 방 안에 있는 모든 것이 제대로 정돈되어 있는지를 살펴본 다음 어머니를 들어가게 했다.

하지만 그레고르는 자신의 달라진 모습을 차마 어머니에게 보일 수가 없어서 소파 위의 홑이불 속으로 몸을 후다닥 감췄다. 그 바람에 이불에 주름이 더 심하게 생겨서, 그 모습은 이불을 아무렇게나 소파 위에 던져놓은 것처럼 보였다. 그레고르는 이불 밑에서 내다보고 싶은 충동을 꾹 참았다. 어머니의 얼굴이 너무나 보고 싶었으나 이내 단념하고, 다만 어머니가 와준 것만으로도 위안을 삼으며 기뻐할 따름이었다.

"어머니, 들어오세요. 그런데 오빠가 보이지 않아요."

여동생이 이렇게 말했다. 어머니의 손을 잡고 방 안으로 모셔 온 것이 분명했다.

두 연약한 여자가 힘을 합쳐 그 무거운 낡은 서랍장과 책상을 이제까지 놓였던 자리에서 밀어 옮기는 소리가 들렸다. 어머니가 염려하는 말을 듣지 않고 그레테가 대부분의 일을 도맡아하자, 어머니는 너무 무리해서는 안 된다고 몇 번이나 주의를 주었다. 어머니와 그레테는 무척 조심스럽게 일을 했다. 15분쯤이나 지났나 싶었을 때 어머니가 말했다.

"이 서랍장은 여기 그대로 두는 것이 좋을 것 같구나. 너무 무거워서 시간이 오래 걸릴 것 같아. 그리고 이 서랍장을 방 한가운데 놓아두면 그레고르가 다니는 길이 막혀서 더 힘들 것이고, 가구를 모두 치워 버렸다고 해서 과연 그레고르가 좋아할지도 모르는 일이잖니……. 차라리 그 전대로 놓아두는 것이 더 나을지도 모르겠다. 서랍장을 치운 뒤 텅 빈 벽을 바라보면 가슴이 미어터지는데, 그레고르라고 왜 똑같은 느낌을 받지 않겠니? 더구나 이 가구들에 오랫동안 정이 들어서, 방 안이 텅 비게 되면 자신이 버림받은 느낌을 받을지도 모르잖니."

어머니는 속삭이듯 나직한 목소리로 말했다. 그레고르가 정확히 어디에 있는지 모르지만, 그가 목소리의 음색조차 듣지 못하게 하려는 것 같았다. 어머니는 그가 말을 알아듣지 못한다는 점을 확신하고 있었기 때문이었다.

"그리고 가구를 치워 버리면 우리들은 그 애의 병세가 나아지리라는 희망을 완전히 포기하는 것처럼 보이지 않겠니? 그리고 그 애를 돌봐주지도 않고 혼자 내버려두는 셈이 되지 않겠니? 아무래도 방은 전과 같은 상태로 놓아두는 것이 좋을 것 같은데, 네 생각은 어떠냐? 그러면 그레고르가 병이 다 나아서 우리에게 되돌아왔을 때, 하나도 변한 게 없음을 알고 그동안의 일을 잊어버리는 것이 보다 쉬울 것 아니냐."

그레고르는 어머니의 이러한 말을 들으면서, 이 두 달 동안 자신의 머릿속이 틀림없이 뒤죽박죽된 게 아닌가 싶었다. 식구들에게만 에워싸여 날마다 똑같은 생활을 하는 탓에, 사람들과 직접 대화를 못했으니 말이다. 그게 아니라면 어떻게 자신의 방이 텅텅 비어 버리기를 바랄 수 있단 말인가. 너무 고립되어 지낸 탓이라고 밖에는 도무지 설명할 길이 없었다. 대대로 물려받은 가구가 놓여 있는 따스하고 아늑한 방을 삭막한 동굴로 바꾸고 싶다는 생각을 정말로 했었단 말인가? 이와 동시에 자신이 과거에 인간이었다는 사실을 아주 잊어버리게 된 것은 아닐까? 사실 그는 지금 벌써 거의 잊어먹고 있었다. 그러다가 오랜만에 어머니의 목소리를 듣고 정신이 번쩍 든 것이었다. 아무것도 치워서는 안 되는 일이었다. 모든 게 제자리에 있어야만 한다. 그는 가구들로부터 좋은 영향을 받으며 살아가는 게 필요했다. 가구들이 그가 쓸데없이 기어 다닐 때 방해를 한다면, 그건 그에게 이익이 되는 일이지 해가 되는 일은 아닐 것이다.

그러나 그레테의 생각은 그렇지 않은 것 같았다. 그레고르의 문제가 논의될 때 여동생은 어느새 부모님의 뜻을 거슬러 정통한 소식통처럼 행동하는 데 익숙해졌다. 물론 그럴 자격이 전혀 없는 것은 아니었다. 이제 어머니의 충고가 여동생이 자신의 고집을 부리는 데 도리어 좋은 빌미가 되기도 했다. 이를테면 그레테는 처음에 서랍장과 책상만 치워 버릴 생각이었지만, 어머니의 충고를 듣고 나서는 없어서는 안 되는 소파를 제외한 나머지 가구를 모조리 치워 버리겠다고 고집을 부렸다. 그렇게 고집을 부리는 데는 나름대로 충분한 이유가 있었다. 물론 여동생의 이러한 고집은 어린애다운 반항심이나, 요즘 뜻밖에 겪고 있는 어려운 상황에서 자기도 모르게 갖게 된 자신감 때문만은 아니었다. 여동생은 그레고르가 기어 다닐 만한 넓은 공간이 필요하다는 것을 실제로 목격했던 것이다. 반면에 누가 보아도 뻔히 알 수 있듯이, 가구들이 전혀 소용없다는 것이었다. 어쩌면 그 나이의 소녀들이 가질 수 있는 열정도 한 몫했을지도 모른다. 그러한 심정으로 이제 그레테는 그레고르의 상황을 보다 소름 끼치게 만든 후 그를 위해 지금까지보다 더욱더 많은 일을 하고 싶은 유혹을 느꼈는지도 모른다. 만일 텅 빈 공간에서 그레고르가 혼자 휑한 벽을 마구 기어 다니고 있다면, 그레테 이외에는 아무도 감히 그의 방으로 들어갈 엄두를 내지 못할 것이기 때문이었다.

어머니가 그렇게 말렸건만 여동생은 자기의 결심을 바꾸려 들지 않았다. 어머니는 가구가 있는 이 방에서도 불안감을 감추지 못하고 안절부절못하는 것 같았지만, 이내 입을 다물고는 여동생을 도와 서랍장을 밖으로 끌어내가는 일에 온 힘을 쏟았다. 이렇게 된 이상 부득이하게 서랍장이 없어져도 그는 그럭저럭 지낼 수 있었지만 책상만은 꼭 있어야 했다. 두 사람이 책상을 끌고 나간 사이에 그는 소파 밑에서 머리를 빠끔 내밀었다. 어떻게 하면 자기가 신중하고 조심스럽게 이 일에 개입할 수 있을까를 살피기 위해서였다. 그러나 불행하게도 어머니가 먼저 방으로 돌아왔다. 그동안에 그레테는 옆방에서 서랍장을 붙들고 이리저리 움직여보려고 혼자 진땀을 흘리고 있었지만, 물론 그것은 제자리에서 꿈쩍도 하지 않았다. 그러나 어머니는 그레고르의 모습에 익숙해져 있지 않아서, 그를 본 충격에 몸져누울지도 모르는 일이었다. 그래서 화들짝 놀란 그레고르는 소파의 다른 편 모퉁이로 재빨리 뒷걸음질쳐서 기어 들어갔다. 그 바람에 어쩔 수 없이 홑이불 앞쪽이 약간 움직거렸는데 어쩔 수 없는 노릇이었다. 하지만 그것만으로도 어머니의 주의를 돌리기에 충분했다. 어머니는 그걸 보고서 순간 멈칫하더니, 가만히 서 있다가 갈피를 잡지 못하고 옆방의 그레테에게로 되돌아가 버렸다.

그레고르는 별다른 일이 생긴 것이 아니라 단지 가구가 몇 점 옮겨지는 것뿐이라고 몇 번이고 자신을 타일렀다. 그럼에도 불구하고 두 여자가 드나드는 소리와 나직하게 부르는 소리, 마룻바닥에서 가구가 직직 끌리는 소리가 한데 어우러져서 — 곧 그레고르 자신도 인정하지 않으면 안 되었던 것처럼 — 마치 사방에서 커다란 소동이 벌어지며 그를 향해 달려드는 듯한 기분이었다. 그레고르는 머리와 다리를 최대한 움츠리고 몸을 바닥에 바싹 붙이고 있었으나, 이 모든 자세를 오래 견디지 못할 것이라는 사실을 인정하지 않을 수 없었다.

어머니와 여동생은 그의 방에 있던 가구를 치우고 있었고, 그와 정이 든 물건을 모두 앗아가고 있었다. 수공용실톱과 그 밖의 공구들이 들어 있는 서랍장은 벌써 밖으로 내놓았다. 다음으로 이미 바닥에 붙박여 있는 책상마저 내가기 위해 흔들고 있었다. 그가 상업학교와 중학교에 다닐 때는 말할 것도 없고, 심지어는 초등학교 때도 앉아서 숙제를 했던 책상이었다.

사태가 이쯤 되고 보니, 그의 입장에서는 두 여자들이 가지고 있는 좋은 의도고 뭐고 따져볼 여유가 없었다. 사실, 그는 어느새 두 사람이 그 자리에 있는 것조차도 거의 잊어버리고 있었다. 이미 지칠 대로 지친 두 여자가 아무 말 없이 일에만 열중하고 있었기 때문이었다. 그들이 더듬거리며 무겁게 발걸음을 옮기는 소리만 들려올 뿐이었다.

그는 후딱 소파 밖으로 기어 나왔다. — 어머니와 여동생은 마침 숨을 돌리기 위해 옆방에서 책상에 기대고 있었다.

— 그는 어디로 갈까 망설이느라 네 번이나 방향을 바꾸면서 이리저리 달려보았지만, 사실 무엇을 먼저 구해 내야 할지 도저히 알 수 없었다. 그때 이미 텅 비어 버린 벽에 그나마 아직 걸려 있는 액자가 눈에 들어왔다. 온통 털가죽으로 몸을 싼 뚱뚱한 여자가 그려진 그림이 담겨 있었다. 그는 허겁지겁 벽을 타고 기어 올라가서 액자의 유리를 지그시 배로 눌렀다. 그의 몸에 찰싹 달라붙은 유리가 후끈거리던 배에 닿으니 시원하게 느껴지면서 기분이 좋았다. 그는 다른 건 다 빼앗겨도 이 액자만은 절대로 빼앗기고 싶지 않았다. 그는 어머니와 그레테가 돌아오는 것을 살피기 위해 거실 문 쪽으로 머리를 돌렸다.

두 사람은 오래 기다릴 것도 없이 곧 방으로 돌아왔다.

"자, 이번엔 무엇을 내갈까요?"

그레테가 어머니를 한 팔로 껴안고 서서, 방 안을 두리번거리며 말했다. 그때 그레테의 시선과 벽에 붙어 있는 그레고르의 시선이 마주쳤다. 그레테는 어머니가 바로 옆에 있었기 때문인지, 침착해지려 애쓰는 것 같았다. 그레테는 어머니가 주위를 돌아보지 못하도록 고개를 어머니 쪽으로 수그린 채, 온몸을 떨면서 당황한 목소리로 말했다.

"엄마, 우리 잠시 거실로 가요."

그레고르가 보기에 그레테의 의도는 뻔했다. 어머니를
안전한 곳에 모셔다놓고 자기를 벽에서 내려오게 할 작정
이었다. 좋아, 어디 마음대로 해 보라지! 그레고르는 그림
을 내주지 않기 위해 그림 위에 더욱 꼭 달라붙어 있었다.
그럼에도 그림을 내가려고 하면 그레테의 얼굴로 달려들겠
다고 그는 작정했다.

그러나 그레테의 말에 어머니는 더욱 불안해했다. 어머
니는 옆으로 비켜서서 방 안을 휙 둘러보다가 꽃무늬 벽지
위에 엄청 커다란 갈색 반점이 묻어 있는 것을 발견했다.
그리곤 그것이 그레고르라는 것을 확실히 깨닫기도 전에
거칠고 날카로운 소리로 절규하듯 외쳤다.

"오, 하느님! 대체 저게 뭐야!"

그리고 나서 어머니는 모든 것을 포기한 사람마냥 양팔
을 쫙 벌린 채 소파 위로 푹 쓰러지더니, 다시는 꼼짝도
하지 않았다.

"오빠, 정말 왜 이러는 거야!"

그레테는 주먹을 치켜들고서 잡아먹을 듯이 날카로운
눈초리로 그레고르를 쏘아보면서 악을 썼다. 이 말은 그레

고르가 변신한 이후 여동생이 그에게 처음으로 던진 말이었다. 그레테는 어머니의 정신을 차리게 할 수 있는 무슨 약이라도 가져오려는지 옆방으로 득달같이 달려갔다. 그레고르는 어떻게든 그레테를 도와주고 싶었다. ― 그림은 아직까지는 안전했다. ― 그러나 유리에 찰싹 붙어 있어서 억지로 몸을 떼어내야 했다. 벽에서 내려온 다음 예전처럼 여동생에게 무슨 충고라도 해줄 수 있다는 듯 그도 옆방으로 부리나케 기어갔다. 그러나 막상 따라가서는 그레테 뒤에 우두커니 서 있을 수밖에 없었다. 그런데 그레테가 여러 가지 약병을 살펴보다가 무심코 뒤를 돌아다보고는 또 소스라치게 놀라는 것이었다. 그 바람에 손에 들고 있던 약병이 바닥으로 떨어져 산산조각 났고, 그레고르는 그 깨진 병 조각에 얼굴을 다치고 말았다. 뭔지 모를 부식성 약품이 그의 주위에 흐르고 있었다. 그러나 그레테는 더는 우물쭈물하지 않고 조그마한 약병들을 두 손 가득 들고는 어머니가 쓰러져 있는 방으로 달려갔다. 그러고는 문을 발로 세게 밀어 닫아 버렸다.

그리하여 그레고르는 어머니로부터 완전히 격리되고 말았다. 아마도 어머니는 아직까지 정신을 차리지 못하는 것 같았다. 그러니 문을 열어서는 안 되었다. 그는 어머니 옆에 꼭 붙어 있어야 하는 여동생을 다시 쫓아내고 싶지 않았다. 결국 이럴 수도 저럴 수도 없게 된 그레고르는 그대로 기다리는 수밖에 다른 방법이 없었다. 그레고르는 자책감과 걱정에 시달리며 벽과 가구와 천장을 가리지 않고 닥치는 대로 마구 기어 다녔다. 그러다 보니 방 전체가 그의 주위에서 빙글빙글 도는 것처럼 느껴졌고, 마침내 그는 자포자기한 심정으로 커다란 식탁 한가운데로 뚝 떨어지고 말았다.

얼마간의 시간이 흘렀다. 그레고르는 힘없이 가만히 누워 있었고 주위는 고요했다. 아마도 좋은 조짐일지도 모른다. 그때 초인종이 울리는 소리가 들렸다. 물론 하녀는 부엌에 틀어박혀 있었기 때문에 그레테가 문을 열러 나가야 했다. 아버지가 돌아온 것이었다.

"무슨 일이 있었니?"

이것이 집 안에 들어선 아버지의 첫마디였다. 아버지는 그레테의 표정을 보고 눈치 챈 모양이었다.

"어머니가 기절했어요. 그러나 이젠 많이 나아졌어요. 오빠가 뛰쳐나와서요."

목소리가 둔탁하게 나는 것으로 보아, 그레테가 아버지의 가슴에 얼굴을 파묻고 대답하는 것이 분명했다.

"내 그럴 줄 알았다. 내가 조심하라고 늘 말하지 않더냐. 그래도 여자들이 내 말을 통 듣질 않으니……."

아버지는 그레테가 하는 짤막한 몇 마디 말만 듣고서 나쁘게 해석하여, 그레고르가 무슨 난폭한 짓을 저질렀다고 짐작하는 것이 분명했다. 아무튼 그레고르는 어떻게든 아버지의 흥분을 가라앉혀야 했다. 아버지에게 사정을 설명할 시간도 없고 그런 가능성조차 없었기 때문이다.

그래서 그는 자기 방 쪽으로 재빨리 달려가서 문에다 몸을 착 갖다 댔다. 아버지가 응접실에서 이곳으로 들어왔을 때 그레고르를 발견하고는, 그가 자기 방으로 곧 돌아가려는 너무나 선한 의도를 알아챌 수 있도록. 그리하여 그를 쫓아 들여보낼 필요 없이 문을 열어주기만 하면 그 즉시 사라지는 것을 볼 수 있도록.

그러나 아버지는 그레고르가 갖고 있는 그렇게 고상한 의도를 알아차릴 기분이 아니었다. 아버지는 방 안에 들어서자마자 약간 화가 난 것 같으면서도 기쁘기도 하다는 듯한 목소리로 짧은 탄성을 토해냈다.

"아!"

그레고르는 머리를 돌려 아버지 쪽을 쳐다보았다. 그리고는 깜짝 놀랐다. 그럴 수밖에 없는 것이, 아버지는 이제껏 상상조차 해본 적이 없는 모습으로 서 있었다. 물론 그는 최근 들어 새로운 방식으로 기어 다니는 데 정신이 팔려서 예전처럼 집 안에서 일어나는 일들에 관심 가질 겨를이 없었다. 게다가 변화된 상황에 대처하겠다는 마음의 각오를 단단히 하고 있어야 했다. 아무리 그렇다고 해도 지금의 아버지 모습은 놀라울 정도로 너무나 의외였다.

전에 그레고르가 출장을 떠날 때 보았던, 피곤해 하면서 지친 모습으로 자리에만 줄곧 누워 계시던 아버지가 아니었다. 또 그가 집으로 돌아오는 날 저녁이면, 잠옷 바람으로 안락의자에 앉아서 자기를 맞아주던 그 아버지의 모습도 아니었다. 그때의 아버지는 일어나는 것조차 힘들어서 기쁘다는 표시로 두 팔을 쳐드는 것이 고작일 뿐이었다. 그리고 일 년에 두서너 번의 일요일이나 명절에 어쩌다가 가족들과 함께 산책을 할 때면, 일부러 천천히 걷고 있는 그레고르와 어머니 사이에서 자꾸만 처지며 힘겹게 걸음을 옮기던 아버지였다. 낡은 외투로 몸을 감싼 채 조심스럽게 지팡이를 짚으며 걸어가다, 무슨 할 말이 있으면 걸음을 멈추고는 앞에 가고 있는 가족을 자기 가까이로 불러 모으곤 하던 아버지였다.

그런데 지금 눈앞에 있는 이분이 정말로 아버지가 맞는 걸까? 아버지는 지금 금 단추가 달린 푸른빛 제복을 입고 꼿꼿이 서 있었다. 모자에 금실로 큰 글자가 새겨진 것으로 보아, 생활비를 벌기 위해 은행 수위로 일하거나 아니면 사환이 된 것이 분명해 보였다. 빳빳하게 치켜세운 상의의 옷깃 위로 억세 보이는 이중 턱이 삐죽이 불거져 나와 있었고, 숱이 무성한 짙은 눈썹 밑의 검은 눈동자는 생기를 가득 담은 채 주의 깊은 눈빛을 내뿜고 있었다. 전에는 흰 머리털들이 마구 헝클어져 텁수룩했었는데, 지금은 가르마를 타서 단정히 빗어 내린 머리칼에 윤기가 번지르르하게 흘렀다.

아버지는 어느 은행의 마크인 듯한 노란 금실로 수가 놓인 모자를 벗어 소파 위로 벗어 던졌다. 아버지는 기다란 제복 윗도리의 끝자락을 활짝 뒤로 젖힌 채 두 손을 바지 호주머니에 넣고 잠시 왔다 갔다 하더니, 화난 표정을 지으며 그레고르를 향해 다가왔다. 그러나 아버지는 자기 자신도 무얼 어떻게 하려는지 모르는 듯한 표정이었다. 어쨌든 그는 여느 때와 달리 발을 번쩍 치켜들며 걸어왔다. 그레고르는 아버지가 신은 구두 밑창이 엄청나게 넓은 것을 보고 잔뜩 겁을 먹었다.

그러나 그레고르는 크게 개의치 않았다. 새로운 생활이 시작된 초기부터, 그는 아버지가 자기에게 최대한으로 엄격하게 대하려 한다는 것을 알고 있었기 때문이다. 그래서 그는 아버지가 다가오면 앞으로 달아났고, 아버지가 걸음을 멈추면 그도 멈췄다. 그러다가 아버지가 다시 움직이는 기색을 보이면 그 역시도 부리나케 앞으로 피해 달아났다. 그들은 별다른 소동도 일으키지 않은 채 이런 식으로 거실을 벌써 몇 번이나 빙빙 돌아다녔다.

그러나 동작이 너무나 느렸기 때문에 겉으로는 쫓고 쫓기는 것처럼 보이지도 않았다. 그 때문에 그레고르도 당분간은 그대로 방바닥에 그대로 있기로 했다. 특히 벽이나 천장으로 도망을 치면 특별한 악의를 갖고 있다고 아버지에게 오해받을까봐 두려웠기 때문이었다.

물론 그레고르는 이렇게 달리는 것도 오래 지속되지 못할 거라고 생각했다. 아버지가 한 발자국을 옮겨놓는 동안에 그는 무수히 많이 다리를 움직여야만 했기 때문이다. 이미 숨이 가빠오는 것이 느껴질 정도였다. 원래도 그리 튼튼한 폐를 가지고 있지 못했으므로 이렇게 숨이 찬 것도 무리는 아니었다. 안간힘을 다해 달리다 보니 어지럼증이 나면서 눈도 제대로 뜨지 못할 지경이 되어 버렸다. 게다가 땅한 것이 머리마저 흐리멍덩해져서, 이제는 거실 바닥을 달려서 도망치는 수밖에는 다른 방도가 없는 것 같았다. 자유롭게 벽을 기어 올라갈 수도 있었겠지만, 너무나 경황이 없어서인지 그것조차 생각나지 않았다. 물론 이곳 거실의 벽들은 온통 톱니와 레이스 모양의 장식으로 가득 찬, 세밀하게 조각된 가구들로 가로막혀 있었지만 말이다.

그때 무엇인가가 휙 하고 가볍게 던져져서 그의 앞으로 떼구루루 굴러왔는데, 그것은 사과였다. 곧 이어 두 번째 사과가 그를 향해 날아왔다. 그레고르는 겁에 질린 나머지 그만 그 자리에 멈춰 섰다. 계속 달아나봐야 별 소용이 없을 것이었다. 아버지가 사과로 그에게 폭탄 세례를 퍼붓기로 작정한 듯싶었기 때문이다.

아버지는 찬장 위의 과일 접시에서 사과를 몇 개 집어 주머니를 채운 다음, 처음에는 제대로 겨냥하지도 않고 사과를 연달아서 마구 던졌다. 이 조그맣고 빨간 사과들은 전기 충격이라도 받은 듯 이리저리 굴러다니다가 서로 부딪치기도 했다. 그런데 약하게 날아온 사과 하나가 그레고르의 등을 스치고 지나갔는데, 다행히 상처를 입히지 않고 미끄러지며 굴러 떨어졌다. 그러나 바로 뒤이어 날아온 사과가 그레고르의 등에 정통으로 박히고 말았다. 깜짝 놀랄 만큼 심한 고통이 느껴졌지만, 통증이 가실지도 모른다는 생각에 그레고르는 몸을 천천히 밀면서 앞으로 나아가려 했다. 그러나 못이 박힌 것처럼 아파서 꼼짝달싹할 수 없을 뿐 아니라, 모든 감각이 극도로 혼란스러워지면서 힘이 빠져 그 자리에서 그만 뻗어 버리고 말았다.

그레고르가 정신을 잃는 순간 자기 방의 문이 후다닥 열리는가 싶더니, 비명을 지르는 여동생 앞으로 어머니가 속옷 바람으로 뛰쳐나오는 것이 마지막으로 보였다. — 어머니가 기절했을 때 숨을 쉬기 좋게 하기 위해서 여동생이 어머니의 겉옷을 벗기고 옷을 헐렁하게 입혀놓은 모양이었다. — 어머니가 아버지를 향해 냅다 달려가는 도중에 끈이 풀린 속치마들이 하나둘 바닥에 흘러내렸다. 어머니는 흘러내린 옷들에 걸려 비틀거리면서도 아버지를 향해 필사적으로 달려들어 그를 껴안았다. 그리고는 아버지와 완전히 한 덩어리가 되더니 — 하지만 그러는 중에 그레고르의 시력이 벌써 가물가물해지고 있었다. — 두 손으로 아버지의 뒷머리를 부여잡았다. 그리고는 제발 그레고르를 살려 달라고 애원하며 매달렸다.

3

그레고르의 등에 박힌 사과는 그 자신도 꺼내지 못했고, 다른 누구도 꺼내줄 엄두를 내지 못했다. 사과는 눈에 띄는 기념물처럼 계속 살 속에 박혀 있었다. 그로 인해 그는 한 달 이상을 고생했고, 그의 모습은 훨씬 더 비참하고 역겨운 모습으로 변해 있었다.

그러나 그레고르가 아무리 징그러운 모습을 하고 있을지라도 어디까지나 가족의 한 사람임에 틀림없다는 사실을 아버지도 떠올린 듯했다. 그래서 가족들은 그를 원수처럼 대해서는 안 될 뿐 아니라, 그에 대해 불쾌한 감정이 있더라도 꾹 삼키고 참는 것이 당연한 의무라는 것을 되새긴 모양이었다.

부상을 입은 그레고르는 어쩌면 움직이는 능력을 영원히 상실할지도 모른다고 걱정될 만큼 상태가 심각했다. 움직이는 것이 힘들었기 때문에 자기 방으로 건너가는 데도 늙은 상이군인처럼 무척 시간이 오래 걸렸다. 하물며 높은 곳으로 기어 올라가는 것은 상상조차 하기 힘들었다.

하지만 이처럼 상태가 악화된 대신, 충분히 만족할 만한 보상을 받게 되었다는 생각이 들었다. 그런 일이 있은 후로는 저녁 무렵이면 거실 문이 늘 열렸는데, — 그레고르는 한 시간이나 두 시간 전부터 문이 열리기를 기다리며 그 문을 뚫어지게 바라보고 있었다. — 그때 그레고르는 어두운 자기 방에 누워서 — 거실에서 이쪽은 잘 보이지 않았다. — 환하게 불이 켜진 식탁 주위에 둘러앉아 있는 가족들을 지켜볼 수 있었다. 그들이 오순도순 주고받는 이야기를 어느 정도는 모두의 허락을 받고, 그러니까 전과는 아주 딴판으로 들을 수 있게 된 것이었다.

물론 그 대화가 예전처럼 활기찬 것은 아니었다. 그레고르는 출장 중에 작은 호텔방에 들어가 지칠 대로 지친 몸을 눅눅한 침대에 눕히면 항상 아련한 그리움을 느끼면서 그런 대화를 떠올리곤 했었다. 하지만 지금은 특별한 경우가

변 신 95

아니면 다들 조용한 상태에서 나직나직하게 이야기를 주고받을 뿐이었다.

아버지는 저녁 식사를 하고 나면 곧 안락의자에 앉아 잠이 들었고, 어머니와 그레테는 서로 조용히 하라고 주의를 주었다. 어머니는 어느 양장점에서 받아온 일을 하기 위해 불 밑에서 몸을 바짝 구부린 채 밤늦게까지 바느질을 했고, 점원으로 취직한 그레테는 앞으로 더 나은 일자리를 얻기 위해 속기와 프랑스어를 공부했다.

잠에 빠져 있던 아버지는 때때로 눈을 뜨며, 자신이 잠들었었다는 사실을 전혀 모르는 듯이 어머니에게 불쑥 한마디씩 던지곤 했다.

"뭘 그렇게 늦은 시간까지 꿰매고 있어?"

그러고 나서 아버지는 이내 또 잠에 빠져들었고, 어머니와 여동생은 피곤한 눈길로 마주 보며 미소를 지어 보이곤 했다.

아버지는 고집을 부리듯이 집에 돌아와서도 한사코 제복을 벗지 않으려 들었다. 잠옷은 늘 옷걸이에 걸린 채로 있었으며, 아버지는 마치 언제라도 상관의 명령이 떨어지기만 하면 움직이겠다는 듯이 단정하게 제복을 차려입은 채 제자리에 앉아서 졸곤 했다. 그러다 보니 처음 지급받을 때부터 새 옷이 아니었던 이 제복은 어머니와 여동생이 늘 세심하게 관리하고 있음에도 불구하고 점점 더러움을 타기 시작했다. 그레고르는 때때로 온통 얼룩이 진 이 제복을 바라보곤 했다. 그래도 금색 단추만은 늘 닦아줘서 그런지 반짝거렸다. 사실 이런 제복을 입은 늙은 아버지의 모습은 매우 거북하게 보였는데, 그럼에도 아버지는 아무렇지 않다는 듯이 편안히 주무셨다.

시계가 열 시를 치면 어머니는 나직한 목소리로 아버지를 깨워 침대에 가서 자라고 설득하느라 애를 썼다. 아침 여섯 시에 출근하려면 충분한 휴식이 필요하기 때문이다. 그러나 은행 수위가 된 다음부터 별스런 아집에 사로잡힌 아버지는 어김없이 잠이 들면서도 매번 그 자리에 더 있겠다고 고집을 부렸다. 하지만 그렇게 떼를 쓰게 되면 의자에서 침대로 자리를 옮기도록 하는 일이 여간 어려운 것이 아니었다. 어머니와 여동생이 온갖 잔소리를 해대며 아무리 귀찮게 졸라대도 눈을 지그시 감은 채 느릿느릿 머리를 흔들기만 할 뿐 도무지 일어서려고 하질 않았다. 어머니가 아버지의 소매를 잡아당기며 비위를 맞춰주는 말을 하기도 하고 여동생이 하던 공부를 멈추고 어머니를 거들기도 했지만, 아버지에게 전혀 먹혀들질 않았다. 아버지는 점점 더 의자 깊숙이 파묻혀 잠으로 빠져 들어갈 뿐이었다. 어머니와 여동생이 손을 겨드랑이 밑으로 넣어 들어 올리면 그때서야 비로소 눈을 뜬 아버지는 어머니와 여동생을 번갈아 쳐다보며 이렇게 중얼거리곤 했다.

"인생이란 이런 거야. 이것이 내 말년의 휴식이란 말이다!"

그러고 나서 어머니와 그레테의 부축을 받으며 마지못해 일어나기는 하지만, 아버지 스스로가 자신의 몸이 무겁게 느껴지는 모양이었다. 어머니와 그레테에게 이끌려 침실 가까이 가면 그때서야 이제는 됐다는 듯이 머리를 끄덕이며 물러가라고 손짓을 하고는 혼자서 침대로 걸어갔다. 어머니와 여동생은 각각 하던 바느질과 공부를 집어 던지고는 방으로 뒤따라가서 계속 거들어주곤 했다.

가족들이 이렇듯 많은 일에 시달리고 지쳐 있는데, 그들 중 누가 그레고르를 제대로 돌봐줄 수 있단 말인가. 궁색한 집안 살림은 점점 줄어들기 시작하여 하녀까지도 내보내야만 했다. 대신에 흐트러진 백발을 나부끼는 몸집 크고 뼈대

굵은 할멈이 아침저녁으로 드나들며 힘든 일을 거들어주었다. 그 밖의 모든 일은 그렇게 많은 바느질을 해가면서도 어머니가 틈틈이 해나갔다. 게다가 어머니와 여동생이 모임이 있을 때나 명절에 즐겨 걸치던, 집안 대대로 내려온 여러 가지 장신구마저도 팔아야만 했다. 그레고르는 어느 날 저녁에 가족들이 모여서 패물을 얼마나 받고 팔아야 할지에 대해 얘기하는 것을 듣고서야 이런 사정을 알게 되었다.

그러나 무엇보다도 지금 상태에서 가장 큰 걱정거리는 넓기만 한 이 집을 떠나 이사를 갈 수 없다는 것이 가장 큰 불만이었다. 이사를 하려고 해도 그레고르를 생각하면 엄두가 나지 않았기 때문이었다. 그레고르를 옮길 방도가 떠오르지 않았던 것이다. 그러나 그레고르는 단지 자기에 대한 걱정 때문에 이사를 망설이는 것이 아님을 간파하고 있었다. 왜냐하면 자기 하나쯤은 적당한 궤짝 속에 넣은 다음 숨을 쉴 수 있도록 구멍 두서너 개만 뚫어놓으면 쉽사리 운반할 수 있었을 테니까 말이다.

가족들이 집을 옮기지 못하는 진짜 이유는, 이제까지 친척들이나 이웃들 가운데서 아무도 겪어본 일이 없는 비참한 불행을 유독 자기들만 당하고 있다는 피해의식과 깊은 절망감 때문이었다. 이들은 세상에서 가난하고 불쌍한 사람들에게 요구하는 일을 최대한 이행하고 있었다. 아버지는 말단 은행원들에게까지 아침 식사를 날라다 주는 일을 했고, 어머니는 누군지도 모르는 사람들의 속옷을 바느질하느라 온갖 고생을 다했으며, 그레테는 손님들의 요구에 따라 계산대 뒤에서 하루 종일 이리저리 뛰어다녀야만 했다. 하지만 그레고르의 가족들은 그 이상으로 일할 기력이 없어 보였다.

어머니와 그레테가 아버지를 침대로 데려다준 다음 거실로 돌아와서 하던 일을 놓아둔 채 서로 뺨이 닿을 정도로 바싹 다가앉을 때면, 그러다 어머니가 그레고르의 방을 가리키며 "애야, 저 문 좀 닫고 와라!"라고 그레테에게 말할때면, 그리고 그레고르가 다시 어둠 속에 있게 될 때면 그의 등에 생긴 상처가 또다시 욱신거리기 시작했다. 그러는 동안 거실에서는 두 여자가 눈물을 흘리거나, 혹은 눈물을 흘리지 않더라도 넋이 나간 사람처럼 식탁만 멍하니 바라보고 있곤 했다.

그레고르는 며칠 밤낮을 뜬눈으로 지새웠다. 그는 때때

로 다음에 문이 열리면 가족들의 여러 가지 일을 예전과 같이 자신이 도맡아서 하여 분위기를 화기애애하게 바꿔야 되겠다고 생각했다.

그의 머릿속에는 오래간만에 또다시 — 사장과 지배인, 그리고 직원들과 견습사원들, 그리고 말귀를 잘 못 알아듣는 사환이나 다른 직장에서 일하다 온 두서너 명의 친구들, 또한 지방 호텔에서 방청소를 하는 아가씨, 스쳐지나가는 갖가지 추억, 그가 진심으로 구혼했으나 너무 늦어 버리고 만 어느 모자 가게의 경리 여직원 — 이러한 모든 사람들의 모습이 전혀 낯선 사람이나 이미 다 잊어버린 사람들의 모습과 뒤섞여서 자꾸만 떠올랐다. 그러나 이들은 그와 그의 가족을 도와주기는커녕 하나같이 그의 소원을 들어줄 수 있는 입장이 아니었다. 시간이 지나 그들의 모습이 그의 머릿속에서 사라지면 도리어 홀가분해졌다.

그러나 어느 때는 가족들을 걱정할 기분이 전혀 나지 않았고, 가족들이 자기를 잘 돌보아주지 않고 학대한다는 생각이 들어서 그저 화가 날 뿐이었다. 그리고 어떤 음식이 먹고 싶은지도 알지 못하면서, 어떻게 하면 먹을 것이 쌓여 있는 식품 저장실에 들어갈 수 있을까 하고 이런저런 계획을 세우곤 했다. 딱히 배가 고픈 것도 아니었지만, 어쨌거나 자신이 마땅히 먹어야 할 음식을 거기서 꺼내 오기 위해서였다.

그러나 가족들은 무엇을 주면 그레고르가 즐거워할까에 대해서는 전혀 생각하지 않는 것 같았다. 그레테는 출근하기 전에 아침과 점심으로 먹으라는 듯이 아무거나 닥치는 대로 집어서 그레고르의 방 안에 발로 쓱 밀어 넣었다. 그리고 저녁때가 되면 그렇게 밀어 넣어준 음식을 조금 먹었거나 — 조금도 건드리지 않은 경우가 대부분이었다. — 또는 전혀 입을 대지 않은 것에 대해서는 관심도 보이지 않은 채 서슴지 않고 빗자루로 휙 쓸어내 버렸다.

그뿐 아니라 여동생은 저녁때마다 해주던 방청소도 요즘 들어서는 되는 대로 아무렇게나 후다닥 해치웠다. 때문에 더러운 얼룩이 띠를 이루며 벽에 그대로 남아 있는 것은 물론이고, 먼지와 쓰레기와 오물 덩어리가 여기저기 흩어져 있었다.

처음에는 일부러 눈에 띄게 지저분한 구석에 가 있음으로써 여동생에게 어느 정도 질책하는 마음을 드러냈다. 하지만 몇 주일 동안이나 그런 곳에 가 있어도 여동생의 태도가 좀처럼 달라지는 것 같지 않아서 그만두었다. 여동생도 자기와 마찬가지로 지저분한 자국이나 오물들을 빤히 보았으면서도 그냥 내버려두기로 작정한 듯했다.

여동생도 다른 가족과 마찬가지로 전에 없이 신경이 아주 예민해져 있는 것 같았는데, 그런 와중에도 다른 사람이 그레고르의 방을 청소할까봐 촉각을 곤두세우곤 했다.

어느 날 어머니가 그레테가 없는 동안에 물을 길어다가 그레고르의 방을 대청소한 일이 있었다. — 온통 물 천지가 되어서 그레고르는 기분이 몹시 상했다. 하지만 뭐라고 할 수도 없었기에 소파 위에 벌렁 누워 떨떠름한 기분으로 꼼짝도 하지 않았다. — 하지만 그 일 때문에 어머니는 된통 곤욕을 치러야 했다. 저녁때 그레테가 돌아와서 그레고르의 방이 달라진 것을 보고는 심한 모욕이라도 당한 것처럼 불쾌해 하면서 득달같이 거실로 달려간 것이다.

어머니가 양손을 쳐들고 애원하다시피 하면서 그레테를 달래봤지만, 여동생은 몸부림을 치면서 울음을 터뜨렸다. 부모님은 — 물론 놀란 아버지는 의자에서 벌떡 일어섰지만 — 어쩔 줄 몰라 하며 그레테를 바라보고만 있었다. 그러다가 잠시 후, 부모님은 간신히 마음을 가다듬었는지 움직이기 시작했다. 아버지는 오른편의 어머니에게는 '왜 그 레고르의 방청소를 그레테에게 맡겨두지 않느냐?'면서 나무랐고, 반면 왼쪽의 여동생에게는 '앞으로는 절대로 어머니가 그레고르의 방을 청소하는 일이 없도록 하겠다.'고 고함을 질렀다. 그러는 중에 너무나 흥분한 탓인지 아버지가 정신을 잃어버렸고, 어머니는 아버지를 침실로 끌고 가느라 안간힘을 다해야만 했다. 그러는 동안 여동생은 그래도 분이 삭혀지지 않는지 어깨를 들썩이며 흐느껴 울다가 조그만 두 주먹으로 식탁을 마구 내리쳤다. 반면, 그레고르는 이런 광경과 소음을 막아줘야겠다고 생각하면서 얼른 문을 닫아주는 사람이 아무도 없다는 사실에 화가 치밀어 쉿쉿 하고 소리를 내며 씨근덕거렸다.

그러나 직장 일로 지칠 대로 지친 여동생이 예전처럼 그레고르를 보살피는 일에 싫증이 났다 하더라도, 아직은 어머니가 여동생을 대신할 필요는 없었고, 그레고르 역시 소홀하게 취급받는 일도 생기지 않았다. 집에는 가끔씩 일을 해주러 오는 할멈이 있었기 때문이었다.

할멈은 아무리 힘들고 궂은일이라도 특유의 강인한 체력으로 충분히 감당할 수 있을 것 같은 사람이었다. 그런가

하면 처음부터 그레고르에게 아무런 혐오감도 나타내지 않았다.

할멈은 어떤 호기심에서가 아니라 우연히 그레고르의 방문을 열었다가 그의 모습을 보게 되었다. 화들짝 놀란 그레고르는 누가 자기를 쫓아오기라도 하는 것처럼 갈피를 잡지 못하고 이리저리 내달리기 시작했다. 그 모습을 본 할멈은 몹시 놀라는 기색이었지만, 양손을 아랫배에 얹은 채 그 자리에 우두커니 서 있었다.

그때부터 할멈은 아침저녁으로 그레고르의 방문을 빼꼼 열고는 들여다보곤 했다. 처음 얼마 동안 할멈은 자기 딴에는 친절을 베푼다는 투로, 그레고르를 향해 다정하게 말을 건네곤 했다.

"이리 와봐. 우리 말똥구리! 어어? 우리 말똥구리 좀 봐!"

그레고르는 할멈이 그렇게 부를 때마다 문이 열린 사실도 모른다는 듯이 꼼짝 않고 있었다. 그 할멈이 제 기분대로 그렇게 쓸데없이 그를 방해하도록 놔두지 말고, 차라리 날마다 방이나 깨끗하게 청소하라고 일러주면 얼마나 좋을까 하고 생각했다.

어느 이른 아침에 — 어느덧 다가오는 봄날을 알리는

듯 모진 비가 창문에 들이치고 있었다. ─ 그 할멈이 또다시 허튼소리를 하기 시작했다. 울화통이 터진 그레고르는 곧 쓰러질 것만 같은 느린 동작이었지만 할멈에게 덤벼들기라도 할 것처럼 몸을 움직였다. 그러자 이 괴상한 할멈은 놀라기는커녕 오히려 문 옆의 의자를 번쩍 치켜드는 것이었다. 그 할멈이 입을 짝 벌리고 서 있는 꼴을 보니, 높이 쳐들어 올린 의자로 그레고르의 등을 내리친 다음에야 비로소 입을 다물 작정인 것 같았다. 하지만 그레고르로서는 그걸 당해 낼 엄두가 나지 않았다.

"자아, 그러니까 그래서는 안 되겠지?"

할멈은 그레고르가 살며시 몸을 돌리는 것을 보고는 그제야 가만히 의자를 구석에 내려놓는 것이었다.

이제 그레고르는 거의 아무것도 먹지 않았다. 다만 우연히 갖다놓은 음식 옆을 지나치게 되면 장난삼아 조금 입에 넣어보지만, 대개는 삼키지 않은 상태로 그냥 입 속에 몇 시간 동안 물고 있다가 그대로 뱉어 버리기 일쑤였다. 처음에는 그의 방이 달라진 게 슬퍼서 그렇다고 생각했지만, 그는 방의 변화에 대해서는 곧바로 순응하게 되었다.

식구들은 언젠가부터 마땅히 다른 곳에 둘 수 없는 물건들을 이 방에 들여놓기 시작했다. 이 집 안에는 그런 물건이 굉장히 많았다. 왜냐하면 아무리 애를 써도 생활비가 모자라는지, 방 하나를 세 사람의 하숙인에게 빌려주었기 때문이었다.

그레고르가 언젠가 문틈으로 확인한 것에 의하면, 하숙인 세 사람은 모두가 구레나룻 수염을 기르고 있는 털보들이었다. 점잖게 보이는 이 세 남자는 지나칠 정도로 정리 정돈에 신경을 썼다. 자기들 방뿐만 아니라 집안 전체에 대해서, 특히 부엌의 청결 문제에 대해서 말이 많았다. 그 사람들은 쓸데없는 물건이나 더러운 잡동사니를 보면 참지를 못했다.

게다가 그들은 자기들이 사용하던 많은 살림살이를 갖고 들어왔기 때문에 치워야 될 물건들이 적지 않았다. 그런데 그것들은 팔아 버릴 수 없는 물건이 대부분이었고, 그렇다고 어디 내다 버릴 수도 없는 것들이었다. 이러한 물건들이 모조리 그레고르의 방으로 옮겨졌다. 심지어는 부엌에서 쓰던 재 담는 상자와 쓰레기통까지 들어왔다.

할멈은 당장에 쓰지 않는 물건이면 뭐든지 재빠르게 그레고르의 방으로 날라 왔다. 다행히도 그레고르에게는 날라다놓는 물건이나 그 물건을 들고 오는 할멈의 손만 보일 뿐이었다. 아마도 그 할멈은 적당한 시기에 기회를 봐서 그런 물건들을 도로 가져가거나 한꺼번에 갖다 버릴 생각이었던 모양이다. 하지만 그레고르가 그 잡동사니 사이를 이리저리 기어 다니며 헤저어 놓지 않았다면, 그 물건들은 처음 내던져진 장소에 그대로 방치되어 있을지도 모를 일이었다. 처음에는 기어 다닐 자리가 없었기 때문에 어쩔 수 없이 그랬지만, 나중에는 그 일이 점점 재미있어졌다. 그러나 그렇게 헤집고 돌아다니고 나면, 몸은 죽을 것처럼 고단하고 마음이 한없이 슬퍼져서 몇 시간 동안은 다시 꼼짝도 할 수 없었다.

세 명의 하숙인이 가끔 거실에서 식구들과 같이 저녁을 먹는 경우가 있었다. 그럴 때는 거실로 통하는 문이 닫혀 있곤 했다. 그러면 그레고르는 선뜻 단념하고, 문이 열리기를 기대하지 않았다. 문이 간혹 열려 있을 때도 그는 문가로 나오지 않았으며, 가족들의 눈에 띄지 않도록 컴컴한 구석에 틀어박혀 있곤 했다.

한번은 할멈이 거실로 통하는 문을 약간 열어 둔 적이 있었는데, 저녁때 하숙인들이 거실로 들어와서 불을 켤 때까지 문이 그대로 열려 있었다. 그 하숙인들은 전에 아버지와 어머니, 그리고 그레고르가 앉았던 식탁의 윗자리에 자리 잡고 앉아 냅킨을 펼친 다음 나이프와 포크를 손에 쥐었다. 곧이어 스테이크 접시를 든 어머니가 문 앞에 나타났고, 뒤이어 감자를 수북이 담은 접시를 들고 여동생이 모습을 나타냈다. 음식에서 김이 무럭무럭 피어오르고 구수한 냄새가 풍겨왔다.

하숙인들은 먹기 전에 검사라도 하듯이 자기들 앞에 놓인 접시 위로 몸을 구부렸다. 그들 중 가장 나이 들어 보이는 남자가 개인 접시에 덜지도 않은 상태에서 고기를 한 조각 썰더니, 그것이 충분히 익었는지 아니면 다시 부엌으로 돌려보내야 할지를 살펴려는 듯 서슴지 않고 먼저 맛을 보았다. 그는 맛을 보고 나서 매우 만족스런 표정을 지어 보였다. 잔뜩 긴장한 자세로 그를 바라보고 있던 어머니와 여동생은 안도의 숨을 내쉬며 미소를 지었다.

가족들은 부엌에서 식사를 했다. 그래도 아버지만은 부엌에 들어가기 전에 거실로 들어와서 모자를 손에 든 채 인사를 꾸벅 한 다음 식탁 주위를 한 바퀴 돌았다. 하숙인들은 일제히 일어나서 수염 속으로 무언지 모를 소리를 중얼거렸다. 그러다가 자기들만 남게 되자, 한마디 말도 하지 않은 채 완전히 침묵을 지키며 식사를 했다.

그레고르는 식사 중에 나는 여러 가지 소리 가운데 음식을 씹는 이빨 소리가 거듭 두드러지게 들리는 것이 가장 이상하게 여겨졌다. 마치 음식을 먹으려면 이빨이 필요하고, 아무리 턱이 멋지게 생겼어도 이빨이 없으면 아무 소용이 없다는 사실을 알려주려는 소리 같았다.

"나도 뭘 먹고 싶은데……. 그러나 저런 음식은 싫어. 저 하숙인들이 먹는 저런 음식을 먹고 살아야 한다면, 난 죽고 말 거야."

그레고르는 수심에 잠긴 듯한 목소리로 나지막하게 중얼거렸다.

바로 이날 저녁, 부엌 쪽에서 바이올린 소리가 들려왔다. 그동안에는 바이올린 소리를 들은 기억이 나지 않았다. 하숙인들은 벌써 저녁 식사를 마친 뒤였다.

그들 중 나이 들어 보이는 남자가 신문을 가져오더니 다른 두 사람에게 한 장씩 나눠주었다. 그들은 모두 의자에 몸을 기대고 앉아 신문을 읽으면서 담배를 피웠다. 바이올린 소리가 들려오자, 그들은 주의를 기울이더니 자리에서 일어나 응접실 앞의 문 쪽으로 살금살금 다가갔다. 부엌에서도 그들의 발자국 소리가 들렸는지, 아버지가 내다보며 말했다.

"혹시 바이올린 소리가 거슬리시나요? 그렇다면 즉시 그만두게 하겠습니다."

"천만에요. 차라리 따님께서 이쪽으로 건너와 거실에서 연주할 수 없나요? 여기가 연주하기에 훨씬 더 편하고 아늑할 것 같은데요."

나이 들어 보이는 남자가 대답했다.

"아, 네. 그렇게 하지요."

아버지는 마치 자신이 바이올린 연주자라도 되는 듯이 소리쳤다. 하숙인들은 거실로 되돌아가 자신들이 앉아 있던 자리에서 기다리고 있었다. 이윽고 아버지는 악보대를, 어머니는 악보를, 그레테는 바이올린을 들고 거실로 들어왔다. 그레테는 침착한 태도로 연주를 위한 만반의 준비를 갖추었다. 부모님은 이제까지 한 번도 방을 빌려준 일이 없었기 때문인지 하숙인들에게 지나칠 정도로 예의를 지키느라 감히 소파에 앉을 엄두를 내지 못했다. 아버지는 문에 기대어 서서 꼭 채워진 제복의 단추 사이에 오른손을 집어

넣고 있었다. 그러나 어머니는 하숙인 중 한 사람으로부터 앉으라는 권유를 받자, 고맙다고 인사를 한 다음 의자에 앉았다. 그런데 우연하게도 의자를 밀어준 그 자리의 한쪽 구석에, 그레고르가 앉아 있었다.

드디어 그레테가 바이올린을 켜기 시작했다. 아버지와 어머니는 각자의 위치에서 딸이 바이올린 켜는 모습을 주의 깊게 바라보았다. 그레고르도 바이올린 소리에 끌려 자기도 모르게 머리를 거실 쪽으로 내밀었다.

그는 요사이 자신이 다른 사람에게 주의를 기울이지 않고 지내온 것을 조금도 이상하게 여기지 않았다. 전 같으면 다른 사람들을 배려해 준다는 것을 매우 자랑스럽게 생각했었다. 그러니만큼 지금과 같은 상황에서야말로 다른 사람의 눈앞에서 몸을 숨겨야 할 이유가 더 많다고 할 수 있었다. 왜냐하면 그의 방 안은 어디나 먼지가 소복이 쌓여 있어서, 조금만 몸을 움직여도 먼지가 풀풀 날려서 온몸이 먼지투성이가 되었기 때문이었다. 그뿐 아니라 실오라기, 머리털, 먹다 남은 음식 찌꺼기 같은 것을 등이나 옆구리에 붙인 채 이리저리 끌고 돌아다녔던 것이다. 이제는 매사에 무관심해져서 전에는 하루에도 몇 번씩 하던 일이지만, 요

사이는 등을 대고 벌렁 누워서 양탄자에 몸을 비벼대는 일도 하지 않았다.

몸 상태가 이러한 데도 불구하고 그는 겁도 없이 티끌 하나 떨어져 있지 않은 깨끗한 거실 바닥 위를 얼마쯤 기어 나갔다. 하지만 조금도 거리끼지 않았을 뿐더러 부끄러운 줄도 몰랐다.

그런데 거실에서는 모두들 바이올린 소리에 정신이 팔려 있어서, 그가 거실로 머리를 내밀고 있다는 사실을 아무도 눈치 채지 못했다. 하숙인들은 처음에는 두 손을 바지 주머니에 넣은 채 그레테의 바로 뒤에 바싹 붙어 있었다. 그들 모두가 악보를 들여다볼 수 있을 정도여서, 그레테는 분명 신경이 쓰였을 것이다.

그러나 그들은 이내 머리를 수그리며 나직한 목소리로 자기들끼리 수군거리더니 창 쪽으로 물러섰다. 아버지는 염려스런 눈빛으로 창문 옆에 서 있는 그들을 쳐다보았다. 아름답고 재미있는 바이올린 연주를 들을 수 있으리라고 기대했던 그들은 적잖게 실망했는지, 이내 싫증을 내면서 한눈을 팔기 시작한 것이다. 다만 예의를 지키기 위해 자리를 뜨지 못하고 있는 것이 분명해 보였다. 특히 그들 모두가 허공으로 담배 연기를 내뿜어대는 폼으로 봐서 이들이 얼마나 짜증스러워하는지 미루어 짐작할 수 있었다.

그렇지만 그레테의 연주는 매우 훌륭했다. 고개를 옆으로 약간 기울이고, 감상에 젖은 듯이 슬픈 표정으로 악보를 눈으로 따라갔다. 그레고르는 조금 더 앞으로 기어 나갔다. 그리고 혹시나 그레테의 시선과 마주치기를 기대하면서, 고개를 마루 위에 바싹 붙이다시피 하며 수그렸다.

'이처럼 음악 소리에 감동을 느끼는데도, 내가 벌레란 말인가?'

그는 그토록 자신이 열망하던 마음의 양식을 얻는 길이 자기도 모르게 열리는 것처럼 느껴졌다. 그는 여동생 앞으로 기어 나가려고 했다. 그레테의 옆으로 가서 치맛자락을 끌어당겨, 바이올린을 가지고 자기 방으로 건너와 주었으면 좋겠다는 뜻을 알리고 싶어서였다. 왜냐하면 여기 있는 사람들 중에는 자기만큼 그 연주의 진가를 알아주는 사람이 없었기 때문이었다.

그는 적어도 자신이 살아 있는 한은 여동생을 자기 방에서 다시는 내보내지 않으리라 마음먹었다. 자신의 섬뜩한 모습은 그렇게 하는 데 도움이 될 것이었다. 자기 방에 있는 모든 문을 지키고 있다가, 누군가가 들어오면 '캬오!' 하고 덤벼들어 내쫓아 버려야지. 그러면 효과가 분명히 나타날 테니까. 그러나 여동생을 강제로 붙들어 둬서는 안 되고, 자유로운 의사에 따라 자기 옆에서 지내게 해야 한다고 그는 생각했다. 그리고 여동생을 자기가 앉은 소파 옆자리에 앉히고 자기 쪽으로 귀를 기울이게 하고 싶었다. 그러고 나서 여동생에게 오래전부터 음악학교에 보내려고 계획을 세우고 있었다고 털어놓는 거야. 또한 이런 불행한 사건이 일어나지 않았더라면 어떤 반대가 있더라도 그것에 구애받지 않고 지난 크리스마스 날 저녁에 — 그런데 크리스마스가 벌써 지난 것이 맞는 걸까? — 여러 사람들 앞에서 자기 계획을 발표했으리라는 것을 알려주어야지. 이런 이야기를 하고 나면 여동생은 너무나 감격한 나머지 울음을 터뜨릴 것이 분명해! 그러면 어깨까지 기어 올라가서 여동생 목에 키스를 해주어야지. 여동생은 직장에 나가게 되면서부터 리본이나 칼라가 달린 옷을 입지 않고 목을 내놓고 다녔기 때문이었다.

"잠자 씨!"

그때 나이 들어 보이는 하숙인이 느닷없이 큰 소리로

아버지를 불렀다. 그러고는 더 이상 아무 말도 하지 않은 채 천천히 그들 앞으로 기어 나오고 있는 그레고르를 손가락으로 가리켰다. 그 순간 바이올린 소리도 뚝 그쳤다. 나이 들어 보이는 하숙인은 고개를 옆으로 저으며 친구들에게 미소를 지어보이더니, 다시 그레고르 쪽을 쳐다보았다.

아버지는 그레고르를 쫓아내는 것보다는 하숙인들을 진정시키는 것이 더 급하다고 생각하는 모양이었다. 그러나 하숙인들은 흥분하기는커녕 도리어 바이올린 연주보다도 그레고르 쪽에 더 흥미를 느끼는 것 같았다.

아버지는 하숙인들이 있는 곳으로 뛰어가서 두 팔을 벌리며 그들을 그들의 방으로 돌려보내려고 애쓰는 동시에, 자기 몸으로 막으면서 그레고르가 보이지 않도록 하려고 기를 썼다. 그때 하숙인들은 약간 화를 내는 기색을 보였다. 아버지의 행동에 대해서 화를 내는지, 또는 그레고르 같은 존재가 옆방에 있었다는 사실을 지금껏 모르고 있다가 그제야 알게 되어 그러는 것인지는 도무지 알 수 없는 노릇이었다. 하숙인들은 아버지에게 해명을 요구하다가, 양팔을 치켜들며 불안한 기색을 보이더니 수염을 비비 꼬면서 느릿느릿 자기들 방으로 들어갔다.

그러는 동안 여동생은 황급히 연주를 중단한 후 잠시 넋이 나간 듯 멍하니 있었다. 그러다가 겨우 정신이 돌아왔는지, 축 늘어뜨린 두 손에 바이올린과 활을 쥐고서 계속 연주를 하려는 것처럼 악보를 들여다보다가 느닷없이 벌떡 일어났다. 그러더니 어머니 — 숨이 막히는 듯 가슴을 들먹거리며 아직도 안락의자에 앉아 있었다. — 무릎 위에 악기를 내려놓고 하숙인들이 묵는 옆방으로 달려갔다. 하숙인들은 아버지가 재촉하는 바람에 평소보다 이르게 자신들의 방으로 가고 있었다. 그레테는 능숙한 손놀림으로 침대 위에 있던 이불과 베개를 톡톡 털어 위로 올리더니 순식간에 보기 좋게 정돈해 놓았다. 침대를 말끔하게 정돈한 그레테는 하숙인들이 방으로 들어오기 전에 살짝 빠져나왔다.

아버지는 또다시 자신의 고집에 사로잡혀서, 하숙인들에게 베풀던 공손함을 잊어버린 것만 같았다. 아버지가 계속 다그치며 몰아붙이자, 급기야 나이 들어 보이는 하숙인이 방문 앞에서 쿵 하고 발을 굴러대며 아버지를 멈추어 세웠다. 그는 한쪽 손을 쳐들고 어머니와 여동생을 힐끔 쳐다보더니 이렇게 말했다.

"나는 이 자리에서 선언하겠소. 이 집과 가족의 상황이 너무나 역겨워서 말입니다.— 이 말을 한 다음 그 남자는 어떤 용단을 내린 듯 바닥에 침을 뱉었다. — 당장 이 집에서 나가겠소. 물론 지금까지 지낸 기간의 방세도 지불하지 않을 것이오. 오히려 당신들에게 어떤 손해 배상을 청구해야 할는지 신중하게 생각해 볼 작정입니다. 청구 사유는 쉽게 찾을 수 있을 거요. 그냥 해보는 말이 아닙니다."

그 남자는 입을 다물며, 마치 무엇을 기대하는 듯한 표정으로 똑바로 앞을 바라보았다. 그러자 옆에 있는 두 친구도 이렇게 말하며 끼어들었다.

"우리도 당장 나가겠습니다."

그러고 나서 나이 든 남자는 쾅 하고 요란스럽게 문을 닫으며 방으로 들어갔다.

하숙인들이 사라진 뒤, 아버지는 두 손으로 허공을 더듬거리며 안락의자 있는 곳으로 비틀비틀 걸어가더니 힘없이 주저앉았다. 겉으로는 보통 때처럼 손발을 축 늘어뜨리고 저녁잠을 자는 것처럼 보였으나, 머리를 쉴 새 없이 끄덕거리고 있는 것으로 보아 결코 잠을 자는 것이 아님을 알 수 있었다.

그레고르는 하숙인들에게 자신의 모습을 들켰던 그 자리

에 가만히 누워 있었다. 자기의 계획이 실패한 것에 대한 실망감에다 너무 많이 굶주린 탓에 몸이 탈진했는지 꼼짝도 할 수 없었던 것이다. 그는 다들 자기 때문에 폭발하여 금방이라도 무너져 내릴 것 같다는 두려움을 확실히 느끼며 조마조마한 심정으로 다음 순간을 기다렸다.

그때 어머니의 손가락이 덜덜 떨리는 것 같더니만, 바이올린이 무릎 위에서 스르르 흘러내리며 꽈당 하고 요란한 소리를 냈다. 하지만 그레고르는 그 소리에는 눈조차 꿈쩍하지 않았다.

이때 그레테가 손으로 식탁을 내리치며 입을 열었다.

"어머니, 아버지! 이런 식으론 더 이상 안 되겠어요. 두 분은 어떻게 생각하시는지 모르겠지만, 저런 괴물을 계속해서 오빠의 이름으로 부를 순 없어요. 그래서 제가 하고 싶은 말은…… 이제 저것에서 벗어나야 한다는 거예요. 우리는 그동안 저것을 돌보고 참아내기 위해 인간으로서 할 수 있는 온갖 일을 다 해봤잖아요. 이젠 저걸 어떻게 한다 해도, 아무도 우리를 비난하지 못할 거예요."

"그래, 네 말이 옳을지도 모르겠구나."

아버지는 혼잣말을 하듯이 중얼거렸다.

그때까지도 숨을 제대로 쉬지 못하던 어머니는 정신이 나간 듯 눈빛이 이상해지더니 손으로 입을 막고 소리죽여 기침을 하기 시작했다.

여동생이 재빨리 어머니 옆으로 달려가서 이마를 짚어보았다. 아버지는 여동생의 말을 듣고서 무엇인가를 마음속으로 결심한 것처럼 보였다. 그는 자세를 고쳐 반듯하게 고쳐 앉더니 하숙인들이 저녁 식사를 끝낸 다음에도 아직 치워지지 않은 식탁 앞에서 자신의 수위 모자를 만지작거렸다. 그리고는 꼼짝도 하지 않고 가만히 누워 있는 그레고르 쪽을 이따금씩 흘끔거렸다.

"우린 이제 저것에서 벗어나야 해요."

여동생이 아버지를 쳐다보며 다짐하듯 말했다. 어머니는 기침을 하느라고 아무 말도 듣지 못했기 때문이었다.

"어쩌면 저것 때문에 두 분이 돌아가실 거예요. 그럴 게 뻔해요. 우리 모두 갖은 고생을 다하면서 일해야 하는 처지에, 이런 두통거리를 집 안에 두고 괴롭힘을 당하는 건 더 이상 견딜 수 없어요. 더 이상은 못 참겠다고요."

이렇게 말하고 나서 여동생은 왈칵 울음을 터뜨렸다. 그 울음이 얼마나 격렬했는지, 그 눈물이 어머니의 얼굴로 주르르 흘러내렸다. 어머니는 기계적인 동작으로 자신의 얼굴에서 눈물을 닦아냈다.

"애야, 그럼 우리가 어떡하면 좋겠니?"

아버지의 목소리에는 눈에 띌 정도로 확연한 이해심이 담겨 있었다.

그러나 여동생은 어떻게 해야 하는지에 대한 방안은 전혀 갖고 있지 않다는 표시로 어깨를 으쓱할 뿐이었다. 눈물을 흘리는 동안 조금 전에 보여줬던 단호한 태도는 온데간데없이 사라지고 난감한 심정이 된 모양이었다.

"만약 저 애가 우리가 하는 말을 알아듣는다면……."

아버지가 마치 질문하는 듯한 어조로 말하자, 여동생은 아직도 울음을 그치지 않은 상태에서 그런 일은 전혀 생각해 볼 필요조차 없다는 듯이 한쪽 손을 격렬하게 내저었다.

"만약 저 애가 우리가 하는 말을 알아듣는다면……. 그렇다면 저 애하고 합의를 볼 수도 있을 텐데. 그런데 저 꼴이니……."

아버지는 같은 말을 되풀이하면서, 그런 일은 말도 안 된다는 여동생의 확신을 그대로 받아들인다는 듯이 눈을 지그시 감았다. 그 말에 여동생이 무엇인가를 결심한 듯 단호하게 외쳤다.

"내쫓아야 해요. 그렇게 하는 수밖에 다른 방도가 없어요. 아버지! 저것이 오빠라는 생각을 진작 버려야만 했어요. 우리들이 이제껏 너무나 오랫동안 그렇게 생각해 왔던 것이 바로 우리의 진짜 불행이에요. 어떻게 저것이 오빠일 수 있겠어요? 저게 오빠라면, 사람이 저렇게 흉측한 벌레와 함께 살 수 없다는 것쯤은 알아차리고 진작 제 발로 나갔을 거예요. 그랬다면 우리 곁에 오빠는 없지만, 계속 오빠에 대한 추억을 소중히 간직할 수 있었을 거예요. 그런데 저것은 우리를 쫓아다니며 못 살게 굴 뿐 아니라, 하숙인들까지 쫓아냈잖아요. 아마 나중에는 이 집 전체를 독차지하고 들어앉아 우리들까지 거리에 나앉게 할 거예요. 저것 좀 보세요, 아버지!"

여동생이 말을 잠깐 멈추더니, 갑자기 비명을 질렀다.

"또 시작했어요!"

여동생은 그레고르로서는 도무지 이해할 수 없는 괴상한 공포에 사로잡혀, 소파에 앉아 있는 어머니를 밀쳐내고는 아버지가 있는 뒤쪽으로 황급히 달려갔다. 그레고르 옆에 우두커니 서 있는 것보다는 차라리 어머니를 희생시키는 편이 낫다고 생각한 듯이 말이다. 그러자 딸의 그러한 행동만으로도 벌써 격앙되는 듯 아버지도 자리에서 벌떡 일어났다. 그리고는 마치 딸을 보호하기라도 하려는 것처럼 두 팔을 반쯤 치켜드는 것이었다.

그러나 그레고르는 여동생은 물론이고 그 누구에게도 공포심을 줄 생각이 추호도 없었다. 그는 단지 자기 방으로 돌아가려고 몸을 돌리기 시작했을 뿐이었다.

상처를 입은 탓에 몸을 돌리는 것도 고통스럽고 쉽지 않아, 머리를 쳐들었다가 바닥에 부딪치는 동작을 여러 번 되풀이했다. 그러다 보니 이런 괴상한 동작이 나와 보는 사람을 기겁하게 한 모양이었다.

그레고르는 동작을 멈추고 숨을 고르면서 사방을 두리번거렸다. 다행스럽게도 그가 아무런 악의도 갖고 있지 않다는 것을 가족들이 알아차린 것 같았다. 아까는 그저 순간적으로 놀랐을 따름이었다. 이젠 모두들 말없이 슬픈 표정으로 그를 바라보고 있었다. 어머니는 가지런히 모은 두 다리를 쭉 뻗은 자세로 안락의자에 누워 있었는데, 피로에 지쳐서 눈꺼풀이 아래로 푹 처치다 보니 마치 눈을 감고 있는 것처럼 보였다. 여동생은 한쪽 손으로 아버지 어깨에 손을 얹은 채 아버지와 나란히 앉아 있었다.

'자, 이제는 몸을 좀 돌려도 괜찮겠지.'

그레고르는 그렇게 생각하고 다시 몸을 돌려 방향을 바꾸기 시작했다. 그는 너무 힘이 들어 숨이 가빠왔기 때문에 숨을 돌리려고 간간이 쉬지 않을 수 없었다. 그렇다고 해서 그를 쫓는 사람이 있는 것은 아니었다. 그는 무엇이든 자기 마음대로 할 수 있었다. 그는 완전히 몸을 돌리고 나서 자기 방으로 곧장 되돌아가기 시작했다. 그는 자기 방이 그렇게 멀리 떨어져 있다는 사실에 적잖이 놀랐다. 그리고 이렇게 쇠약한 몸으로 아까는 이토록 먼 거리인 줄도 모르고 마구 기어 나온 것이 이해되지 않을 정도였다. 그때는 그저 빨리 기어가려는 생각밖에 하지 않았으니까……. 그는 가족들이 군소리나 큰 소리로 자신을 방해하지 않고 있다는 사실도 거의 깨닫지 못하고 있었다. 방문 앞에 이르러서야 비로소 고개를 돌려보려 했으나, 목이 뻣뻣하게 굳어져서 완전히 돌리지는 못했다. 여동생이 자리에서 일어섰다는 것 말고는 자기 뒤에서 아무 일도 일어나지 않았음을 알 수 있었다. 그는 마지막으로 그새 잠이 들어 버린 어머니의 모습을 힐끗 쳐다보았다.

이윽고 그가 방 안으로 들어가자, 벼락같이 문이 닫히더니 빗장이 걸리며 꽁꽁 잠기고 말았다. 별안간 뒤에서 요란스런 소리가 들려와서 깜짝 놀라는 바람에 그레고르의 가느다란 다리들이 구부러지며 꺾이고 말았다. 황급히 문을 닫은 사람은 그레테였다. 그레테는 미리 와서 기다리고 있다가 그레고르가 방에 들어서자마자 번개같이 문을 닫아 버린 것이었다. 그레고르는 여동생이 다가오는 소리를 전혀 듣지 못했다. 그레테는 열쇠를 자물쇠 구멍에 넣어 돌리며 부모님을 향해 소리쳤다.

"이젠 됐어요!"

그레고르는 어둠 속에서 주위를 둘러보며, 자기 자신에게 물었다.

"그럼 이제부터 어떡해야 되지?"

그레고르는 곧 자신이 더 이상 움직일 수 없다는 사실을 깨달았다. 하지만 그는 별로 이상하게 생각하지 않았다. 오히려 이처럼 가느다란 다리로 지금까지 돌아다닐 수 있었다는 사실이 믿기지 않을 정도였다. 게다가 그는 기분도 비교적 좋았다. 비록 온몸이 아프기는 했지만 점점 약해지

다가 머지않아 완전히 가라앉을 것처럼 느껴졌다. 등에 박힌 썩은 사과도, 부드러운 먼지가 켜켜이 쌓인 염증 부위도 별문제가 없을 것만 같았다.

그는 가족들을 돌이켜 생각해 보며 감동과 사랑의 감정에 사로잡혔다. 그는 진작부터 자기가 없어져야 한다고 생각했다. 그의 이런 생각은 여동생이 생각하는 그것보다 훨씬 더 절실한 것이었다. 그가 이렇게 공허하면서도 평화로운 생각에 빠져 있는 동안, 교회의 탑시계가 새벽 세 시를 치는 소리가 들려왔다. 그래도 아직은 창밖이 훤하게 밝아오기 시작했다는 것을 느낄 수 있었다. 그때 그의 머리가 자기도 모르게 밑으로 푹 수그러졌다. 그리고 그의 콧구멍에서는 그의 마지막 숨결이 아주 힘없이 흘러나왔다.

*

어느 이른 아침에 할멈이 와서 — 제발 문 좀 그렇게 세게 닫지 말라고 그동안 몇 번이나 부탁했지만, 할멈은 좀처럼 달라지질 않았다. 때문에 이 할멈이 오면 온 집안사람들은 편히 잠을 잘 수 없을 지경이었다. — 보통 때처럼 슬쩍 그레고르의 방을 들여다보았지만, 처음에는 특이한 점을 발견하지 못했다. 할멈은 그레고르가 일부러 그렇게 꼼짝도 하지 않고 누워서 감정이 상한 시늉을 하고 있다고 생각했다. 할멈은 그가 충분히 그런 연극을 하고도 남을 거라고 생각했던 것이다.

할멈은 문밖에서 마침 손에 들고 있던 기다란 빗자루를 내밀어 그레고르를 건드려보았다. 그래도 아무 반응이 없자, 슬슬 화가 난 할멈은 그레고르의 몸을 쿡쿡 쑤셔보았다. 그래도 그레고르가 아무 반응을 보이지 않고 제자리에서 밀려나자, 할멈은 아무래도 이상하다는 듯이 그를 주의 깊게 살펴보았다. 그러다가 눈이 휘둥그레져서는 자기도 모르게 휘파람을 휙 하고 불었다. 이내 상황을 깨달은 할멈은 우물쭈물하지 않고 잠자 씨 부부의 침실로 달려가 문을 갑자기 열어젖히고는 어둠 속에서 큰소리로 외쳤다.

"이리 좀 와보세요. 저것이 뻗었어요. 방바닥에서 완전히 뻗어 버리고 말았다고요!"

잠자 씨 부부는 후다닥 침대에서 일어나, 할멈이 말하는 내용을 파악하기도 전에 철렁 내려앉은 가슴부터 쓸어내려야 했다. 어깨에 담요를 걸친 아버지와 잠옷 바람인 어머니는 기겁을 하며 침실에서 나와 그레고르의 방으로 달려갔다. 그러는 동안에 거실의 문도 열렸다. 하숙을 친 다음부터 그레테는 거실에서 자고 있었는데, 그레테는 한숨도 자지 못한 듯 옷을 다 갖추어 입고 있었다. 무엇보다도 창백한 얼굴빛이 그러한 사실을 증명해 주고 있었다.

"죽었어요?"

잠자 씨 부인은 믿을 수 없다는 듯한 표정으로 할멈을 쳐다보았다. 물론 자신이 진상을 확인해 볼 수 있었고, 또한 굳이 그러지 않더라도 척 보면 알 수 있는 일이었다.

"제 생각엔 그런 것 같아요."

할멈은 이렇게 말한 다음 증거라도 보이려는 듯이 곧바로 그레고르의 시체를 빗자루로 멀리 쭉 밀쳐보았다. 잠자 씨 부인은 그 빗자루를 가로막으려는 동작을 취했지만, 실제로 가로막지는 않았다.

"자아, 이제 우리는 하느님께 감사를 드려야겠다."

잠자 씨가 이렇게 말한 다음 가슴에 성호를 그었다. 그러자 세 여자들도 그를 따라 했다. 그때까지 그레고르의 시체에서 눈을 떼지 않고 있던 그레테가 입을 열었다.

"좀 보세요. 어쩜 이렇게 말랐을까요. 하긴 그토록 오랫동안 통 먹지를 않았으니 그럴 만도 하죠. 음식을 갖다 주어도 전혀 먹지를 않아서 들여놓았던 그대로 다시 내와야 했거든요."

실제로 그레고르의 몸은 오래전부터 아무것도 먹지 못해 바싹 야위어 있었으며, 뱃가죽은 등허리에 착 달라붙어 납작한 모양을 하고 있었다. 하지만 사람들은 지금에야 비로소 그런 사실을 알게 된 터였다. 이젠 가느다란 다리들이 몸뚱이를 위로 떠받쳐서 지탱해 주지 못했고, 그 밖에는 시선을 끌 만한 것이 하나도 없었기 때문이었다.

"그레테야, 이리 좀 오너라."

잠자 씨 부인이 슬픈 미소를 지으며 말했다. 그레테는 시체를 돌아다보며 부모님의 뒤를 따라 침실로 들어갔다. 할멈은 문을 닫은 다음 창문을 활짝 열어젖혔다. 아직 이른 아침인데도, 상쾌한 공기 속에는 어딘지 모르게 훈훈한 기운이 감돌고 있었다. 어느덧 3월 말이었다.

방에서 나와 아침 식사를 하려던 세 하숙인들은 아무것도 준비되어 있지 않은 식탁을 보고 어리둥절한 표정을 지으며 말했다.

"아침 식사는 어디 있어요?"

그들 중에서 나이가 들어 보이는 남자가 투덜거리며 할멈에게 물었다.

그러나 할멈은 손가락을 입에 대며 아무 말도 하지 않은 채, 그레고르의 방으로 와보라고 눈짓을 해보였다. 그들은 윗옷 주머니에 두 손을 집어넣고 그레고르의 방으로 가서 그레고르의 시체 주위에 둘러섰다. 방 안은 어느새 완전히 밝아져 있었다.

그때 거실 문이 열렸다. 아버지는 수위 제복을 입고 한쪽 팔은 아내에게, 또 다른 쪽 팔은 딸에게 부축을 받으며 나타났다. 세 사람의 얼굴에는 운 자국이 남아 있었고, 눈이 많이 부어 있었다. 그레테는 때때로 아버지의 팔에 얼굴을 갖다 대기도 했다.

잠자 씨가 갑자기 하숙인들에게 소리쳤다.

"당장 우리 집에서 나가 주시오!"

잠자 씨는 이렇게 말한 다음 아내와 딸을 자기 몸에서 떼지도 않은 채 현관문 쪽을 가리켰다.

"무슨 말씀인지요?"

나이 들어 보이는 남자는 약간 당황한 듯했지만 알랑거리는 듯한 미소를 지으며 물었다. 나머지 두 사람은 뒷짐을 진 채로 끊임없이 손을 비벼대고 있었다. 마치 자기들에게 유리하게 전개될 언쟁을 마음속으로 은근히 기다리고 있는 것 같았다.

"지금 내가 말한 그대로요!"

잠자 씨는 이렇게 대답하고 나서 아내와 딸을 옆에 거느린 채 하숙인들 앞으로 다가갔다. 나이 들어 보이는 남자는 잠자코 서서 바닥을 내려다보고 있었는데, 마치 머릿속에서 여러 가지 일을 다시 정리하여 새로운 질서를 만들기라도 하려는 것처럼 보였다. 그는 잠시 그러고 있다가 고개를 끄덕이며 말했다.

"정 그렇다면, 나가지요."

나이 들어 보이는 남자는 잠자 씨를 쳐다보는 게 왠지 비굴하다는 생각이 들어, 자신의 이러한 결심에 대해서조차 너그러운 마음으로 허락해 달라고 요구하는 것 같았다. 그러나 잠자 씨는 눈을 둥그렇게 뜨고 그저 몇 번 짧게 고개를 끄덕일 뿐이었다. 그러자 나이 들어 보이는 남자는 금방 성큼성큼 걸어 응접실로 들어가 버렸다. 두 친구는 어느새 손장난을 딱 멈추고 가만히 듣고 있다가 깡충깡충 뛰듯이 나이 들어 보이는 남자를 따라갔다. 마치 잠자 씨가 자기들보다 먼저 응접실로 들어가 자기들과 나이든 남자 사이를 가로막지나 않을까 하고 두려워하는 것 같았다. 응접실에서 이들 세 사람은 옷걸이에 걸린 모자를 집어 든 다음 지팡이를 꺼내 들더니 말없이 고개 숙여 인사를 하고 나서 집 밖으로 나갔다.

곧 밝혀졌지만, 잠자 씨는 전혀 근거도 없는 의심을 품고서 아내와 딸을 데리고 현관 밖으로 나갔다. 그리고는 계단의 난간에 기대어 떠나가는 세 사람의 뒷모습을 지켜보았다. 세 사람은 느릿느릿하지만 멈추지 않고 걸음을 옮겨서 긴 계단을 내려갔다. 각 층마다 계단이 일정하게 휘어지는 곳에 층계참이 있었는데, 그곳에서는 이들의 모습이 보이지 않다가 잠시 후에 다시 나타나 보이곤 했다. 그들이 차츰 밑으로 내려갈수록 그들에 대한 잠자 씨 가족의 관심도 점점 줄어들었다. 그들의 모습이 사라지고 나자, 저 밑에서 다가오던 푸줏간 점원이 머리에 무엇인가를 이고 거들먹거리는 태도로 그들을 지나치며 위로 올라갔다.

그러자 잠자 씨는 그제야 홀가분한 기분이 되어 아내와 딸을 데리고 난간에서 물러나 집으로 되돌아 들어갔다.

잠자 씨 부부와 그레테는 오늘 하루를 푹 쉬면서 산책을 하며 보내기로 결정했다. 그들은 일을 그만두고 휴식을 취할 만한 이유가 충분했을 뿐 아니라, 휴식이 꼭 필요했다.

그래서 이들은 식탁 앞에 모여 앉아 잠자 씨는 은행 지배인에게, 잠자 씨 부인은 일을 맡겨주는 양장점 주인에게, 그리고 그레테는 상점 주인에게 보낼 결근계를 썼다.

이들이 편지를 쓰는 동안 할멈이 들어와서 아침 일이 끝났으니 이제 집으로 돌아가겠다고 말했다. 편지를 쓰던 세 사람은 처음에는 얼굴도 들지 않은 채 고개만 끄덕였다. 그러나 할멈이 우물쭈물하면서 선뜻 나갈 기미를 보이지 않자 그제야 짜증스러운 표정으로 쳐다보았다.

"왜 그러고 있소?"

잠자 씨가 묻자, 할멈은 문 옆에 서서 가족에게 대단히 기쁜 소식을 전할 게 있다는 듯 빙그레 미소를 지었다. 하지만 그것이 뭐냐고 관심을 보이며 캐물어주지 않으면 선뜻 알려주지 않겠다는 태도였다.

할멈의 모자 위에 거의 수직으로 꽂혀 있는 타조 깃털이 온 사방으로 가볍게 흔들렸다. 그렇지 않아도 할멈이 자기 집에서 일하는 동안 내내 잠자 씨는 그 깃털 장식이 몹시 비위에 거슬렸었다.

"대체 왜 그러는 거예요?"

잠자 씨 부인이 물어보았다. 그래도 할멈은 이 집에서

부인을 가장 존경하고 있었다.

"네······."

할멈은 이렇게 대답하고 나서, 친근한 웃음을 흘리느라 말을 계속 잇지 못했다.

"그러니까 옆방에 있는 그것을 치워 버릴 걱정은 조금도 안 하셔도 돼요. 벌써 제가 다 치워 버렸으니까요."

잠자 씨 부인과 그레테는 계속해서 편지를 쓰려는 듯 고개를 숙였다. 그러나 잠자 씨는 할멈이 자초지종을 상세히 설명하려는 것을 눈치 채고서 손을 뻗어 그러지 못하게 단호하게 막았다. 이야기를 할 수 없게 된 할멈은 자신이 대단히 바쁘다는 사실을 생각해 내고는 기분이 상한 듯 이렇게 소리쳤다.

"그럼 모두들 안녕히 계세요."

이렇게 외친 할멈은 홱 돌아서더니, 놀라서 가슴이 철렁 내려앉을 정도로 요란스럽게 문을 닫고는 집에서 나갔다.

그러자 잠자 씨가 말했다.

"할멈이 저녁 때 다시 오면 아주 내보내 버려."

그러나 잠자 씨의 이런 제안에 그의 부인이나 딸은 아무런 반응을 보이지 않았다. 간신히 마음의 평온을 얻었는데 할멈 때문에 다시 깨져 버린 것 같아서였다.

아내와 딸은 자리에서 일어나 창문께로 가서는 서로를 부둥켜안고서 그곳에 그대로 있었다. 잠자 씨는 안락의자에 앉은 채 두 사람 쪽으로 몸을 돌리더니 조용히 그들을 쳐다보다가 이렇게 소리쳤다.

"자, 그만 이리들 와. 지난 일을 생각해서 뭐 해. 그리고 내 생각도 좀 해줘야지!"

아내와 딸은 그의 말을 따라 급히 그에게로 다가가서 그를 위로한 다음 편지 쓰는 일을 서둘러 마무리했다.

그러고 나서 세 사람은 모처럼 함께 집을 나섰다. 다 함께 집을 나선 것은 몇 달 만이었다. 그들은 전차를 타고 교외로 나갔다. 전차 안에는 다른 승객들은 없고 오붓하게 그들 세 사람뿐이었다. 따뜻한 햇살이 차창을 통해 전차 안을 속속들이 비춰주었다.

그들은 좌석에 편히 등을 기대고 앉아 앞으로의 일에 대해 이야기를 주고받았다. 잘 생각해 보면 그들의 앞날에 전혀 희망이 없는 것도 아니었다. 지금까지는 서로 물어볼 기회조차 없었지만, 막상 이렇게 이야기를 나눠보니 세 사람 다 일을 하고 있는데다 그 일들은 앞으로 전도유망했기 때문이었다.

지금 눈앞에 있는 어려운 상황을 개선하는 가장 좋은 방법은 물론 이사를 가는 일이었다. 이제 그들은 그레고르가 고른 이 집보다 더 작고 더 싸긴 해도, 위치도 좋고 실용적인 집을 선택하기로 했다.

그들이 이렇게 이야기꽃을 피우는 동안, 잠자 씨 부부는 거의 동시에 딸의 얼굴에 점점 생기가 도는 것을 느꼈다. 최근에 갖은 고생을 다 하면서 두 뺨이 창백하게 변했던 딸이 이제는 처녀티를 물씬 풍기면서 아름답고 탐스럽게 활짝 피어난 것이다.

잠자 씨 부부는 둘 다 아무 말도 하지 않았지만 무의식적인 눈길로 의사를 교환하고는, 이제는 그레테에게 착실한 신랑감을 구해 줄 때가 된 것 같다고 생각했다.

전차가 목적지에 도착하자, 그레테가 자리에서 가장 먼저 일어났다. 그리곤 젊고 싱싱한 육체를 쫙 펴면서 기지개를 켰는데, 잠자 씨 부부에게는 그레테의 그러한 모습이 그들의 새로운 꿈과 멋진 계획을 확인해 주는 증거처럼 비쳐졌다.

선 고

"넌 이제야 너 이외에 뭐가 또 있는지 알았을 게다. 너는 지금까지 너 자신밖에는 몰랐어. 너는 원래 순진한 아이였지. 하지만 본질적으로는 악마 같은 녀석이었어! 그러니 잘 알아둬라. 그리고 나는 너에게 물에 빠져죽을 것을 선고한다!"

게오르크는 쫓기듯이 방을 나왔다. 그의 등 뒤에서 아버지가 침대에 쓰러지는 소리가 들렸다.   — **본문 중에서**

어느 화창한 봄날의 일요일 오전이었다. 젊은 상인 게오르크 벤데만은 나지막하고 날림으로 지은 주택들 중 하나인 2층 집의 자기 방에 앉아 있었다. 집들은 높이와 색깔만 다를 뿐 거의 같은 모습이었는데, 강을 따라 한 줄로 길게 늘어서 있었다.

그는 외국에 거주하고 있는 어린 시절의 친구에게 보낼 편지를 다 쓴 다음 장난하듯이 느린 동작으로 편지를 봉했다. 그러고 나서 팔꿈치를 책상에 괴고 창밖을 내다보았다. 강과 다리가 보였고, 건너편으로 푸르스름한 빛깔의 언덕들이 눈에 들어왔다.

그는 고향에서의 출세에 만족하지 않고 벌써 수년 전에

도망치듯 러시아로 가 버린 친구에 대해 곰곰이 생각해 보았다. 그는 페테르부르크에서 사업을 했다. 처음에는 사업이 매우 잘되었으나, 이미 오래전부터 어려움을 겪고 있는 듯했다. 그는 고향에 올 때마다 푸념을 늘어놓곤 했는데, 그나마도 오는 횟수가 차츰 줄어들었다. 그러니까 그는 낯선 땅에서 헛수고만 하고 있는 셈이었다.

어린 시절부터 익숙해져 있는 친구의 얼굴을 무성한 턱수염이 보기 흉하게 뒤덮고 있었다. 게다가 누런 얼굴색으로 보아 몸 상태도 좋지 않은 것 같았다. 그는 그곳에 사는 교민들과도 별다른 접촉이 없었고, 그렇다고 현지인들과 사교적으로 만나거나 교류를 하는 것도 아니었다. 상황이 그렇다 보니 그는 평생 독신으로 살기로 마음먹은 것 같았다.

곤경에 처한 것이 분명해 보여 안타깝기는 하지만, 그렇다고 딱히 도울 방법도 없는 사람에게 무슨 내용을 담아 편지를 보내겠는가. 그에게 다시 고향으로 돌아와서, 생활 터전을 이리로 옮긴 다음 예전의 교우관계를 되살려 보라고 — 이것에는 아무런 장애가 없었다. — 조언이라도 해야 한단 말인가. 그러나 그런 말은 자칫하면 그의 감정을 상하게 하고, 그가 지금까지 해온 일들이 실패로 돌아갔다고 단정 짓는 일이 될 수도 있으므로 조심스러웠다. 그 말은 동시에 그가 손댔던 일을 모두 접고 고향으로 돌아오라고 타이르면서, 뭇사람들이 영원히 고향으로 되돌아온 그를 의아한 눈으로 쳐다보더라도 그의 친구들은 사정을 이해할 것이니 고향에서 성공을 거둔 친구들의 말을 따르라고 말하는 것과 다름없을 터였다.

게다가 그에게 안겨질 온갖 고통이 무슨 의미라도 가질 수 있을까? 어쩌면 그를 고향으로 불러들이는 것 자체가 전혀 불가능할 수도 있다. 그는 언젠가 고향의 사정을 더 이상 이해하지 못하겠다고 말했었다. 그렇다면 어차피 외지에 머물고 있는 그에게 이런저런 조언을 하는 것은 도리어 기분만 상하게 하고 친구들과의 관계만 더 멀어지게 만드는 일이 될지도 모른다.

그럼에도 불구하고 그가 조언을 받아들여 이곳에 돌아왔는데 친구들과 어울리지 못하고 풀이 죽는다면, — 물론 고의가 아니라 어쩔 수 없이 — 그들 없이는 아무 일도 하지 못한다는 사실에 수치심을 느끼고 괴로워한다면, 그래서 결국 고향과 친구들까지 잃게 된다면, 그렇다면 지금까지처럼 외지에 머무는 편이 그에게 훨씬 더 낫지 않을까? 이러한 상황이라면, 그가 고향에 온다고 해도 실제로 적응해서 살아갈 거라고 생각할 수 있겠는가?

이러한 이유에서 아무리 서신 왕래를 하고 싶어도, 아주 먼 친지들에게도 거리낌 없이 말할 수 있는 소식조차 친구에게는 전할 수 없었다. 그 친구는 벌써 3년 넘게 고향에 오지 않았고, 이것을 러시아의 정치적 상황과 결부시켜 궁색하게 설명했다. 러시아의 정세가 불안해서 자신과 같은 영세 상인은 잠시도 자리를 뜰 수가 없다는 것이었다. 수십만의 러시아인들이 아무 걱정 없이 세계를 유유히 돌아다니고 있는데도 말이다.

그러나 이 3년 동안에 게오르크에게는 많은 변화가 있었다. 약 2년 전에 어머니가 세상을 떠난 이후로 게오르크는 연로한 아버지와 함께 생활하고 있었다. 그 일이 친구에게도 전해졌는지 그는 편지에 건조한 어조로 조의를 표해 왔다. 아마 낯선 곳에서는 그러한 일에 대한 슬픔이 상상이 가지 않기 때문인 것 같았다.

어쨌든 그때부터 게오르크는 다른 모든 일과 마찬가지로 자신의 사업도 더 결단력 있게 처리해 나갔다. 어머니가 생존해 계셨을 때 아버지는 사업에서 전적으로 자신의 견해만을 관철시켰기 때문에, 게오르크가 자신의 독자적인 활동을 펼쳐나가는 데 이런저런 어려움이 있었다. 어머니가 돌아가신 후에도 아버지는 여전히 사업에 관여하셨지만, 예전에 비해 한 발 뒤로 물러나 있는 느낌이 들었다. 어쩌면 요행이란 것이 참으로 중요한 역할을 했다고 할 수 있을 정도로, 요 2년 동안 예상 외로 사업이 번창했다. 직원을 두 배로 늘려야 했고, 매출은 다섯 배로 뛰었다. 앞으로도 사업이 계속 발전하리라는 것은 의심의 여지가 없어 보였다.

그러나 친구는 이러한 변화에 대해 전혀 눈치 채지 못하고 있었다. 조의를 전한 마지막 편지에서 그는 게오르크에게 러시아로 이주하라고 설득하려 했고, 게오르크가 페테르부르크에 와서 지사를 내면 전망이 매우 밝다는 설명까지 장황하게 늘어놓았던 것이다. 그가 예상하는 수치는 게오르크가 현재 벌어들이는 것에 비하면 아주 미미했다. 그러나 게오르크는 친구에게 자신의 사업적인 성공에 대해써 보낼 기분이 들지 않았다. 게다가 지금 와서 뒤늦게 그런 얘기를 한다면 정말로 이상하게 보일 것이다.

그래서 게오르크는, 조용한 일요일에 곰곰이 생각해 보면 기억 속에 두서없이 쌓이게 되는 별 대수롭지 않은 사건들에 대해서만 쓰곤 했다. 그는 친구에게 띄엄띄엄 편지를 보내면서, 친구가 고향의 도시에 대해 오랫동안 품고 있을 상상이 방해받지 않기를 바랄 뿐이었다. 그래서 게오르크는 상당한 간격을 두고 보낸 세 번의 편지에서, 친구와 별 상관없는 어떤 남자가 역시 별 상관이 없는 어떤 처녀와 약혼한 이야기를 했다. 그런데 그 친구는 게오르크의 의도와는 달리 이 색다른 일에 관심을 보이기 시작했다.

게오르크는 바로 자신이 한 달 전에 유복한 집안의 처녀인 프리다 브란덴펠트 양과 약혼했다는 사실을 고백하는 것 이상으로 그러한 일을 상세하게 편지에 담는 것을 좋아했다. 그는 자신의 약혼녀에게 종종 이 친구의 이야기를 했고, 특별한 서신 왕래를 하고 있다는 것도 이야기했다.

"그러니까 그는 우리 결혼식에 오지 못하겠군요. 하지만 나는 당신의 친구들에 대해 알아둘 권리가 있어요."

그녀가 말했다.

"나는 그에게 폐를 끼치고 싶지 않아. 하지만 잘 생각해 보면, 어쩌면 올지도 몰라. 왠지 그런 생각이 들어. 하지만 그는 강요를 받았거나 왠지 손해를 봤다고 느낄지도 몰라. 어쩌면 나를 부러워하고, 분명히 불만스러운 마음이 들면서도 그런 기분을 떨쳐버리지 못하고 다시 혼자 러시아로 돌아가겠지. 혼자라는 것, 그게 무슨 의미인지 알아?"

게오르크가 말했다.

"그래요. 하지만 그가 다른 경로로 우리들의 결혼에 대해 알 수도 있지 않나요?"

"물론 내가 그것을 막을 수는 없어. 하지만 그의 생활방식으로 미루어 볼 때 그것은 좀처럼 일어나기 힘든 일이야."

"게오르크, 당신에게 그런 친구들이 있다면 당신은 약혼하지 말아야 했어요."

"그래, 그건 우리 두 사람의 책임이야. 하지만 지금 와서 달리 어찌할 방도가 없잖아."

그리고는 그가 그녀에게 키스를 퍼붓자, 그녀가 가쁜 숨을 몰아쉬며 말했다.

"그래도 마음이 편치 않아요."

그는 그 친구에게 모든 것을 사실대로 이야기해도 아무런 해가 없을 거라는 생각이 들었다.

"내가 이런 사람이라면 그도 나를 그렇게 받아들여야 해. 나는 지금의 나 자신보다, 그 친구와의 우정에 더 적합한 사람이 될 수 없어."

그는 나지막하게 중얼거렸다.

실제로 그는 이 일요일 오전에 쓴 긴 편지에서, 자신이 약혼한 사실을 다음과 같은 말로 알렸다.

가장 좋은 소식을 마지막에 알리려고 남겨두었네. 나는 유복한 집안의 처녀인 프리다 브란덴펠트 양과 약혼했다네. 그 집안은 자네가 떠나고 한참 뒤에 이곳에 정착했기 때문에 자네는 그 집안에 대해 거의 알 수가 없을 거야. 앞으로 기회가 많을 테니, 그때 내 약혼녀에 대해 더 자세한 이야기를 전하겠네.

오늘은 내가 행복하다는 소식으로 만족해 주게. 우리들의 관계에서 뭔가 변한 게 있다면, 자네는 이제 평범한 친구 대신 행복한 친구를 갖게 되었다는 것뿐이네. 이밖에도 자네에게 진심으로 안부를 전하면서, 다음번에는 내 약혼녀가 자네에게 직접 편지를 쓰겠다고 하는데 그녀는 자네에게 허물없는 친구가 되어

줄 걸세. 그것이 독신자에게 전혀 의미가 없는 일은
아니겠지.

여러 가지 사정으로 인해 자네가 우리를 방문하는
것이 힘들다는 점은 잘 알고 있네. 하지만 바로 내 결
혼식이 모든 장애를 일시에 허물어뜨릴 절호의 기회
가 되지 않겠는가? 어찌 됐든 간에 다른 것은 생각하
지 말고 오직 자네의 뜻대로 행동하길 바라네.

게오르크는 손에 이 편지를 들고서 얼굴을 창문 쪽으로
돌린 채 오랫동안 책상에 앉아 있었다. 친분이 있는 어떤
사람이 골목길을 지나가다 인사를 건네자, 그는 건성으로
미소를 지어보였다.

마침내 그는 편지를 호주머니에 집어넣고 방에서 나와
작은 복도를 가로질러 아버지의 방으로 갔다. 그가 그 방에
들어가는 것은 몇 달 만이었다. 아버지와는 상점에서 늘
마주쳤기 때문에 그럴 필요가 없었다. 그들은 식당에서 점
심을 같이 먹었고, 저녁은 각자 알아서 챙겨먹었지만 대부
분 식사 후에는 거실에 앉아 따로 신문을 읽으며 잠시 동안
이지만 같이 지냈다. 그런데 언젠가부터 게오르크는 친구

들과 함께 시간을 보내거나 약혼녀를 찾아가는 일이 더 많아졌다.

게오르크는 아버지의 방이 이 밝은 오전에도 매우 어둡다는 사실에 흠칫 놀랐다. 좁은 마당 저편에 위치한 높은 담장이 그림자를 드리우고 있었기 때문이다. 아버지는 돌아가신 어머니의 여러 가지 유품들로 꾸며진 방 한구석의 창가에 앉아 신문을 읽고 있었다. 약해진 시력을 보완하기 위해 신문을 눈앞에 비스듬히 들고 있었다. 식탁 위에는 아침 식사 때 남은 음식이 놓여 있었는데, 식사를 그리 많이 한 것처럼 보이지 않았다.

"아, 게오르크구나!"

아버지는 이렇게 말하고 나서 곧장 그의 곁으로 다가왔다. 아버지가 걸음을 옮기자 묵직한 잠옷이 펼쳐져 그 끝자락이 몸 주위에서 펄렁거렸다. '아버지는 아직도 몸집이 대단한 걸.' 게오르크는 이렇게 생각했다.

"이 방은 매우 어둡군요."

그가 말했다.

"그래, 어둡긴 해."

아버지가 대답했다.

"창문도 닫아놓으셨네요?"

"그게 더 좋아."

"바깥은 아주 따뜻해요."

게오르크는 먼저 한 말에 덧붙이듯 말하고 나서 자리에 앉았다.

아버지는 아침 식사를 한 그릇을 찬장 위에 올려놓았다.

"아버지께 드릴 말씀이 있어요."

게오르크는 노인의 움직임을 멍하니 바라보며 계속해서 말했다.

"페테르부르크에 저의 약혼 사실을 알리려고요."

그는 호주머니에서 편지를 꺼냈다가 다시 집어넣었다.

"페테르부르크라고?"

아버지가 물었다.

"제 친구에게요."

게오르크는 말하고 나서 아버지의 눈치를 살폈다.

'아버지는 상점에 계실 때와는 완전 딴판이야. 여기서는 이렇게 당당하게 버티고 앉아 팔짱을 끼고 있으니 말이야.'

그는 이렇게 생각했다.

"그래, 네 친구 말이지."

아버지가 힘주어 말했다.

"처음에는 내가 그에게 약혼 사실을 숨기려 했다는 것을 아버지도 아시잖아요. 그를 배려하는 차원에서 그런 거였지 다른 이유는 없었어요. 아시다시피 그는 까다로운 친구거든요. 그가 혼자 고독하게 살아서 그럴 가능성이 별로 없긴 하지만, 그가 다른 경로로 내 약혼 사실을 알 수도 있다는 생각이 들었어요. 그것을 막을 수는 없잖아요. 하지만 제가 직접 그에게 약혼 사실을 말하고 싶지는 않았어요."

"그런데 지금은 생각이 달라졌다는 말이지?"

아버지는 이렇게 묻고 나서 신문을 창턱에 올려놓더니, 이어서 쓰고 있던 안경을 그 신문 위에 벗어놓았다.

"네, 지금은 생각이 바뀌었어요. 그가 좋은 친구라면, 나의 행복한 약혼이 그에게도 기쁜 일이 될 거라고 생각되거든요. 그래서 더 이상 머뭇거리지 말고 그에게 그것을 알리려고요. 하지만 편지를 부치기 전에 아버님께 그 사실을 말씀드리고 싶었어요."

"게오르크!"

아버지는 이렇게 부르고 나서 치아가 없는 입을 크게

벌렸다.

"내 말 좀 들어 보거라. 너는 이 일을 나와 상의하러 왔다. 그건 말할 것도 없이 대견한 일이야. 하지만 네가 진실을 다 털어놓지 않으면 그건 쓸데없는 일이야. 아니, 그것보다 더 나쁜 일이지. 이 문제와 직접 관련 없는 일까지 말하고 싶지는 않다.

네 어머니가 죽은 이후에 좋지 못한 일들이 일어났어. 어쩌면 그런 일들이 일어날 때가 되었는지도 모르고, 우리가 생각한 것보다 그때가 더 일찍 찾아온 것인지도 모르지. 상점에서는 내 눈에 띄지 않게 넘어가는 일들이 많더구나. 하지만 나에게 숨기려고 한다고는 생각하고 싶지 않다. 나는 예전과 달리 힘이 부치고, 기억력도 떨어지고 있어. 이제 더 이상 온갖 일에 신경을 쓸 수가 없단다. 이것은 첫째 자연의 섭리이고, 두 번째로는 네 어머니의 죽음이 너보다는 나에게 훨씬 타격을 크게 입혔기 때문일 거야.

아무튼 다시 편지 얘기로 돌아가 생각해 보면, 이 편지와 관련된 문제에서만큼은 더 이상 나를 속이지 말거라. 게오르크야, 이건 아주 사소한 일이야. 언급할 가치도 없는 일이니, 부탁하건대 제발 나를 속이지 말거라. 페테르부르크에 정말로 그 친구가 있는 거냐?"

게오르크는 당황하여 자리에서 일어섰다.

"내 친구 이야기는 그만하는 게 좋겠어요. 수천 명의 친구들이 있다 해도 아버지를 대신하지는 못할 테니까요. 제가 어떤 생각을 하고 있는지 아세요? 아버지는 몸을 충분히 돌보지 않고 계세요. 하지만 나이가 있는 법이에요. 아버지는 상점에서 없어서는 안 될 사람이죠. 그건 아버지가 더 잘 아시잖아요. 하지만 상점 일이 아버지의 건강을 위태롭게 한다면 내일 당장 상점을 아예 닫아 버리겠어요. 이런 식으로는 안 돼요. 아버지를 위해 다른 생활방도를 찾아봐야겠어요. 근본적으로 말입니다. 아버지는 거실로 나가면 채광이 좋은데도 여기 어두운 곳에 앉아 계십니다. 아침 식사도 기운이 날 만큼 제대로 잡수시지 않잖아요. 바깥 공기가 아버지 건강에 도움이 될 텐데도 닫혀 있는 창문 옆에 앉아 계십니다.

하지만 이제 그렇게는 안 됩니다. 아버지! 의사를 불러야겠어요. 의사의 지시대로 하면 달라질 겁니다. 그리고 방을 바꿔야겠어요. 아버지는 바깥쪽 방으로 옮기시고, 제가 이 방으로 들어올게요. 그렇다고 아버지의 환경이 바뀌지는 않을 겁니다. 이 방에 있는 모든 것을 함께 옮길 테니까요. 하지만 이 모든 일을 하려면 시간이 걸리니까 지금은 잠깐이라도 침대에 좀 누우세요. 아버지는 절대 안정이 필요합니다. 자, 옷 벗는 것을 도와드릴게요. 제가 할 수 있다는 것을 아시게 될 거예요. 아니면 지금 바깥쪽의 제 방으로 가서 누우세요. 아무래도 그게 좋을 것 같습니다."

게오르크는 백발이 성성한 머리를 가슴 위로 숙이고 있는 아버지 바로 옆에 바짝 붙어 서 있었다.

"게오르크!"

아버지가 미동도 하지 않은 채 낮은 목소리로 말했다.

게오르크는 즉시 아버지 옆에 무릎을 꿇고 앉았다. 그리고는 아버지가 피곤한 얼굴로 눈을 둥그렇게 뜨고 자신을 쏘아보고 있는 것을 바라보았다.

"너는 페테르부르크에 친구가 없어. 너는 항상 실없는 소리를 잘했고, 나에 대해서도 자제할 줄 몰랐지. 대체 어떻게 그곳에 네 친구가 있단 말이냐! 나는 도무지 믿을 수가 없다."

"잘 생각해 보세요, 아버지."

게오르크는 이렇게 말하고 나서 의자에 앉은 아버지를

들어 올린 다음, 힘없이 서 있는 아버지의 가운을 벗겨주었다.

"벌써 3년이 다 되어가요. 그때 제 친구가 우리 집에 찾아왔잖아요. 아버지가 그를 그다지 좋지 않게 대했던 것이 기억납니다. 적어도 두 번은 그 친구가 제 방에 있었는데도, 아버지에게 그가 오지 않았다고 했지요. 저는 아버지가 제 친구를 싫어하는 이유를 이해할 수 있었습니다. 제 친구는 독특한 면들을 지니고 있거든요. 하지만 아버지는 나중에 그 친구와 이야기를 잘 나누셨어요. 당시에 저는 아버지가 그의 말을 귀담아들으며 고개를 끄덕이고 질문하는 것을 보고 마음이 뿌듯했어요.

잘 생각해 보면 떠오르실 거예요. 그는 당시에 러시아 혁명에 관한 믿기 어려운 이야기들을 했어요. 예를 들어 키예프로 출장 갔을 때 폭동이 일어났고, 이때 한 성직자가 발코니에서 자기의 손바닥을 칼로 크게 그어서 피의 십자가를 새겨 군중들에게 그 손을 치켜들고 호소하는 광경을 보았다고 했지요. 그 후로 아버지가 여기저기서 그 이야기를 때때로 끄집어내곤 하셨잖아요."

그 사이에 게오르크는 아버지를 다시 앉히고, 몸에 착

달라붙은 바지와 양말을 조심스럽게 벗겨냈다. 깨끗하지 않은 속옷을 보면서, 그는 아버지를 등한시해 온 자신을 꾸짖었다. 아버지가 속옷을 갈아입도록 챙겨주는 일도 분명히 자신의 의무일 터였다.

그는 아직 아버지를 어떻게 모셔야 할 건지에 대해 약혼녀와 의견을 분명하게 나눠본 적이 없었다. 그러나 그들은 서로 말은 하지 않았지만, 은연중에 아버지 혼자 옛집에 남게 되리라는 것을 전제로 하고 있었다. 하지만 이제 그는, 가정을 꾸리게 되면 아버지를 모시고 살아야겠다고 확고하게 결심했다. 엄밀히 말하면, 새 가정을 꾸민 다음 아버지를 돌본다고 생각한 것 자체가 늦은 감이 있다고 여겨져 마음이 편치 않았다.

그는 아버지를 팔에 안고 침대로 갔다. 침대 쪽으로 몇 걸음 가는 동안 아버지가 자신의 가슴에 달린 시곗줄을 만지작거리는 것을 알아챘다. 그는 섬뜩한 느낌이 들었다. 아버지가 시곗줄을 꼭 붙들고 있었기 때문에, 그는 아버지를 곧바로 침대에 눕힐 수가 없었다.

그러나 아버지가 침대에 눕게 되면서 모든 것이 잘된 것 같았다. 그는 손수 이불을 덮으면서 이불을 어깨 위까지 끌어당겼다. 그리고 썩 못마땅하지는 않은 표정으로 게오르크를 올려다보았다.

"벌써 그가 생각나지 않으세요?"

게오르크는 이렇게 물어보며 활기를 북돋우려 고개를 끄덕여 보였다.

"이불이 잘 덮여 있는 거냐?"

아버지는 두 발이 제대로 덮여졌는지를 살펴볼 수 없다는 듯이 물었다.

"침대에 누우시니 편안하신가 보군요."

게오르크는 말하고 이불을 더 잘 덮어주었다.

"이불이 잘 덮여져 있느냐니까?"

아버지는 다시 한 번 묻고 나서, 대답에 특히 신경을 쓰는 것 같았다.

"잘 덮여져 있으니까 가만히 계세요."

"아니야!"

아버지는 대답이 떨어지기가 무섭게 소리치더니, 한순간 이불이 날아갈 정도로 걷어내고는 침대에서 똑바로 일어섰다. 그는 한 손으로 천장을 잡고 있었다.

"너는 나를 덮어주려고 했지. 그건 나도 알아, 이 녀석아.

하지만 나는 아직도 덮여져 있지 않아. 그리고 이것이 나에게 남은 마지막 힘이라고 해도 너를 상대하기에는 충분해. 너를 상대하기에는 힘이 넘칠 지경이라고. 나는 네 친구를 잘 알고 있어. 그는 내 마음속의 아들일지도 몰라. 네가 오랜 세월 동안 그를 속인 것도 그런 이유 때문이었지. 그렇지 않다면 왜 그랬겠느냐? 너는 내가 그 친구 일로 울지 않았다고 생각한 게냐? 그런데 그 때문에 너는 사무실에 처박혀 있었잖아. 사장이 바쁘니까 아무도 방해하지 말라는 핑계를 대지만 사실은 러시아로 보낼 거짓 편지를 쓰기 위해서라는 걸 내가 몰랐을 것 같으냐? 하지만 다행히도, 아버지란 사람들은 누가 가르쳐주지 않아도 아들의 마음을 꿰뚫어볼 수 있는 법이야. 너는 지금 그 친구를 정복했다고 생각하지? 네가 엉덩이로 깔아뭉개면 그 친구가 옴짝달싹 못할 거라고 생각한 것 아니냐? 그때 내 잘난 아들은 결혼을 결심하셨지!"

게오르크는 아버지의 소름끼치는 모습을 올려다보았다. 아버지가 느닷없이 아주 잘 안다고 말한 페테르부르크의 친구가 전에 없이 그를 사로잡았다. 광활한 러시아에서 몰락한 그를 상상해 보았다. 약탈당해 텅 빈 상점의 문가에 있는 그를 상상해 보았다. 폐허가 된 진열장, 산산조각 난 물건들, 떨어지는 가스등 받침들 사이에 그는 우두커니 서 있었다. 왜 그는 그렇게 멀리 떠나야만 했을까?

"나를 똑바로 보거라!"

아버지가 소리쳤다. 게오르크는 어느 하나도 놓치지 않으려는 듯 거의 정신없이 침대로 달려갔다. 그러나 달려가던 도중에 우뚝 멈춰 섰다.

"그년이 치마를 들어 올리니까……."

아버지가 빈정거리는 투로 말하기 시작했다.

"그년이 치마를 들어 올렸기 때문이지. 역겨운 그 여자가 말이야."

아버지가 그 장면을 표현하기 위해 셔츠를 들어 올리자, 전쟁 때의 부상으로 생긴 허벅지의 흉터가 드러났다.

"그년이 치마를 이렇게 들어 올리니까, 네가 그년에게 홀딱 빠진 거 아니냐. 너는 아무런 방해도 받지 않고 그년과 재미를 보려고 어머니의 유품도 치우고, 친구를 배반하는가 하면, 제 아버지까지 침대에 처박아놓고 꼼짝 못하도록 했어. 하지만 내가 꼼짝도 하지 못하더냐?"

그는 부축도 받지 않고 혼자 힘으로 서서 두 다리를 쭉

뻗으며 흔들어댔다. 그리고 모든 것을 훤히 안다는 듯 의기
양양한 표정을 지었다.

게오르크는 되도록 아버지로부터 멀리 떨어진 채 한구석
에 서 있었다. 한참 전부터 그는 모든 것을 면밀히 관찰해
야겠다고 단단히 마음먹고 있었다. 우회하는 방식으로 뒤
쪽이나 위에서 기습을 당하지 않기 위해서였다. 지금에야
그는 오래전에 잊어버린 결심을 기억해 냈다가, 마치 짧은
실을 바늘귀에 꿰어 확 잡아 빼는 것처럼 금방 그것을 또
잊어버렸다.

"그렇지만 따지고 보면 친구는 배반당하지 않았다!"

아버지는 이렇게 외치면서, 자신의 말에 힘을 싣기 위해
집게손가락을 이리저리 까딱거렸다.

"나는 이곳에서 그의 대리인으로 있었거든."

"코미디를 하시는군요!"

게오르크는 더 이상 참지 못하고 이렇게 소리쳤다. 너무
늦긴 했지만, 손해 볼 짓을 했다는 것을 즉시 깨닫고 얼어
붙은 표정으로 혀를 깨물다가 너무나 아파서 허리를 구부
렸다.

"그래, 물론 내가 코미디를 했다! 코미디! 좋은 말이야!

다 늙은 홀아비인 이 아버지에게 다른 위안거리가 있겠니? 말해 봐라. 대답하는 순간만큼이라도 진정한 내 아들이 되어다오. 믿지 못할 직원들에게 진절머리를 내다 뼛속까지 늙어버리고 뒷방에서 앉아 있는 내게 무슨 낙이 남아 있겠니? 그런데 내 아들은 환호성을 지르며 세상을 돌아다니다가 내가 준비해 놓은 거래의 계약을 맺었고, 그것이 너무 기쁜 나머지 구르고 날뛰었지. 그리고는 아버지 앞에서 근엄한 신사처럼 과묵한 얼굴을 하고 시치미를 떼다니! 내가 너를 사랑하지 않았다고 생각하는 거냐? 너를 낳은 이 애비가?"

'이제 아버지는 앞으로 고꾸라질 거야.'

게오르크는 속으로 생각했다.

'그다음에는 넘어져서 몸이 박살 날 거고.'

이런 생각이 그의 뇌리를 얼핏 스쳐갔다.

아버지는 몸을 앞으로 구부리기는 했지만 넘어지지는 않았다. 그는 자신이 기대했던 것처럼 게오르크가 가까이 다가오지 않자 다시 몸을 일으켰다.

"그 자리에 그대로 있어. 나는 네가 필요 없으니까. 너는 이리로 올 힘이 있지만 마음이 내키지 않아서 물러서 있을 뿐이라고 생각하겠지. 하지만 착각하지 마라. 나는 여전히 너보다 훨씬 힘이 세니까. 나 혼자라면 뒤로 물러났을지도 모르지만 네 어머니가 나에게 힘을 보태주고 갔기 때문에 나는 네 친구와 아주 멋지게 제휴할 수 있었어. 네 고객 명단도 내 주머니 속에 있다는 걸 넌 아느냐?"

'셔츠 속에도 주머니가 있다니!'

게오르크는 마음속으로 중얼거리며, 이 말 한마디면 아버지를 온 세상의 웃음거리로 만들 수도 있다고 생각했다. 그러나 이런 생각을 한 것은 아주 잠깐이었다. 그는 줄곧 모든 것을 잊어먹었기 때문이다.

"네 신부와 팔짱을 끼고 내 앞에 나타나기만 해봐라! 그년을 네 곁에서 쫓아내 버릴 테니까. 어떻게 하는지 두고 봐라!"

게오르크는 믿지 못하겠다는 듯이 얼굴을 찡그렸다. 그러나 아버지는 자신의 말이 진심이라는 것을 강조하려는 듯이 게오르크가 서 있는 구석을 향해 고개를 끄덕여 보였다.

"오늘 네가 나를 찾아와 페테르부르크에 있는 친구에게 약혼 사실을 알려야겠다고 했을 때 얼마나 재미있었는지 모른다. 하지만 그는 벌써 다 알고 있어, 이 멍청아. 그는 모든 것을 알고 있단 말이다. 네가 나에게서 필기도구를 빼앗는 것을 잊어버렸기 때문에 난 그에게 편지를 쓸 수 있었거든. 그래서 그가 몇 년째 오지 않는 거야. 그는 모든 것을 너 자신보다 백 배는 더 잘 알고 있어. 그는 네 편지는 읽지도 않고 왼손으로 확 구겨 버리지만, 내 편지는 오른손으로 들고 읽어본단 말이다!"

아버지는 신이 나서 팔을 머리 위로 흔들어댔다.

"그는 모든 것을 수천 배는 더 잘 알고 있어!"

아버지가 소리쳤다.

"수만 배는 되겠죠!"

그는 아버지를 비웃기 위해 이 말을 했다. 그러나 그의 입 안에서 이 말은 매우 어두운 울림을 지니고 튀어나왔다.

"나는 네가 언제 이 문제를 들고 나오나 지켜보며 몇 년 전부터 기다리고 있었다. 너는 내가 그것 말고 다른 일로 근심하는 줄 알았느냐? 너는 내가 신문을 읽고 있는 줄 알았겠지? 이것들 말이다!"

그러면서 아버지는 침대 속에 들어가 있던 신문지 한 장을 게오르크에게 던졌다. 그것은 게오르크가 전혀 모르는 이름의 아주 오래된 신문이었다.

"네 녀석이 언제 철이 들까 하고 얼마나 속을 태웠는지!
그 사이에 네 어머니는 돌아가시고 말았지. 그 친구가 러시
아에서 망하는 바람에 기쁜 날도 한 번 못 보고 말이야.
그는 벌써 3년 전에 차마 눈뜨고 볼 수 없을 정도로 피폐해
졌어. 그리고 내 상태가 어떤지는 네가 더 잘 알 거다. 그만
한 눈은 있을 테니까!"

"그러니까 아버지는 그동안 저를 엿보고 계셨군요!"

게오르크가 소리쳤다.

아버지는 동정하듯이 말을 덧붙였다.

"넌 진작부터 그 말을 하고 싶었을 거다. 하지만 이젠
들어맞지 않는 말이야."

그러고 나서 더 큰 소리로 이렇게 말했다.

"넌 이제야 너 이외에 뭐가 또 있는지 알았을 게다. 너는
지금까지 너 자신밖에는 몰랐어. 너는 원래 순진한 아이였
지. 하지만 본질적으로는 악마 같은 녀석이었어! 그러니
잘 알아둬라. 그리고 나는 너에게 물에 빠져죽을 것을 선고
한다!"

게오르크는 쫓기듯이 방을 나왔다. 그의 등 뒤에서 아버

지가 침대에 쓰러지는 소리가 들렸다. 그는 마치 비탈길을 내달리듯 계단을 급히 내려가다, 아침 청소를 하기 위해 막 위로 올라오던 하녀와 부딪쳤다.

"에구머니!"

하녀가 소리를 지르며 앞치마로 얼굴을 가렸지만 그는 아랑곳하지 않고 쏜살같이 달려갔다.

그는 문을 뛰쳐나와 차도를 건너 강으로 마구 내달렸다. 그는 굶주린 사람이 음식물을 움켜잡듯 난간을 꽉 붙잡고 있었다. 소년 시절에 부모가 자랑스러워하는 뛰어난 체조 선수였던 그는 몸을 흔들어 옆으로 훌쩍 넘어갔다. 그는 난간을 잡고 있는 손에서 점점 힘이 빠져 나가는 것을 느끼며, 자신이 떨어지는 소리를 손쉽게 덮어줄 버스가 언제 지나가는지를 엿보다가 낮은 목소리로 외쳤다.

"사랑하는 부모님, 저는 언제나 두 분을 사랑했습니다."

그리고는 밑으로 몸을 던졌다.

그 순간, 다리 위에서는 끊임없이 차량이 이어졌다.

시골 의사

끝없는 이 겨울에 내가 여기서 무엇을 하겠는가! 내 말은 죽었고, 나에게 자기 말을 빌려줄 사람은 이 마을에 없다. 나는 돼지우리에서 마차에 맬 말을 끌어내야만 한다. 만일 그것이 우연찮게 말이 아니라면, 나는 암퇘지라도 타고 떠나야 했을 것이다. 사정이 그렇다. 나는 가족들을 향해 고개를 끄덕인다. 그들은 그 사정을 모른다. 설령 그들이 나의 사정을 알더라도 믿지 않을 것이다. 처방전을 쓰기는 쉬우나 사람들을 이해시키는 일은 결코 쉽지 않다.

— 본문 중에서

나는 몹시 당황했다. 급히 가야 할 곳이 있었기 때문이다. 위독한 환자가 십 마일쯤 떨어진 마을에서 기다리고 있었는데, 그와 나 사이의 먼 거리를 거센 눈보라가 채우고 있었다.

내 마차는 가볍고 커다란 바퀴가 달려 있어서 시골길을 달리기에 적합했다. 나는 털외투로 무장하고 왕진 가방을 챙겨 든 다음 마당에 나가 서 있었다.

그런데 말이 없었다, 말이. 내 말이 매섭게 추운 겨울에 지나치게 무리를 한 탓인지 간밤에 죽고 말았다. 그래서 하녀가 말을 빌리기 위해 지금 마을을 이리저리 뛰어다니고 있다. 그러나 나는 소용없는 일이라는 것을 안다. 눈이

첩첩이 쌓여 운신조차 할 수 없는 상황이었지만, 나는 속절없이 그곳에 서 있었다.

대문에 하녀가 혼자서 나타났다. 등불이 흔들렸다. 당연하지, 이런 날씨에 누가 말을 빌려주겠는가?

나는 다시 한 번 마당을 가로질러 걸었다. 아무런 방법도 찾아내지 못해서 심란하고 짜증이 났다.

나는 벌써 몇 년이나 사용하지 않는 돼지우리의 망가진 문을 발로 걷어찼다. 문이 돌쩌귀에 걸려 삐거덕거리며 열렸다 닫혔다 했다.

그러면서 어떻게 된 일인지 말에게서 나는 것 같은 온기와 냄새가 흘러나왔다. 그 안에 줄에 매달린 흐릿한 등불이 흔들거리고 있었다. 뒤이어 나지막한 판자 칸막이 너머에 웅크리고 앉아 있던 남자 하나가 푸른 눈동자의 얼굴을 드러냈다.

"말을 마차에 맬까요?"

네 발로 기어 나오며 그가 물었다. 나는 무슨 말을 해야 할지 몰라, 축사 안에 무엇이 또 있나 보려고 몸을 굽혔다. 내 곁에 서 있던 하녀가 말했다.

"자기 집에 무엇이 있는지도 모르고 지냈네요."

우리 둘은 웃었다.

"어이, 형제! 어이, 누이!"

마부가 외치자, 힘차고 옆구리가 탄탄한 말 두 마리가 차례로 나타났다.

말은 다리를 몸통에 바싹 오그려 붙인 채 잘생긴 머리를 낙타처럼 숙이고, 몸통을 비트는 힘만으로 비좁은 문틈을 비집고 나왔다. 그리고는 콧김을 거세게 내쉬며 긴 다리로 몸을 우뚝 세웠다.

"저 사람을 도와줘."

내가 말하자, 순한 하녀는 서둘러서 마부에게 마구를 건네주었다. 그런데 하녀가 그의 곁으로 가자마자 마부가 그녀를 껴안더니 자기 얼굴을 그녀의 얼굴에 비벼댔다. 하녀는 비명을 지르며 내게로 도망쳐 왔다. 그녀의 뺨에 두 줄의 이빨자국이 빨갛게 나 있었다.

"이런 짐승 같은 놈!"

나는 화가 나서 소리를 질렀다.

"채찍으로 얻어맞고 싶으냐?"

그러나 나는 이내 그가 낯선 사람이라는 것, 어디서 왔는지도 모르는 그가 아무도 하려 하지 않는 일을 자발적으로 도우려 했다는 데 생각이 미쳤다.

그는 나의 생각을 알고 있기라도 한 듯 나의 위협 따위는 대수롭지 않게 여겼고, 나를 힐끗 돌아본 다음 계속 말을 살폈다.

"타십시오."

그가 말했는데, 놀랍게도 모든 것이 다 준비되어 있었다. 나는 이처럼 훌륭한 마차를 타본 적이 없었기 때문에 기꺼운 마음으로 마차에 올랐다.

"아무래도 말은 내가 몰아야 하겠는걸. 자네는 길을 모를 테니."

내가 말했다.

"물론이죠."

그가 말했다.

"저는 함께 타고 가지 않습니다. 로자 옆에 있을 겁니다."

"안 돼요!"

로자가 소리를 지르면서 피할 수 없는 운명이 닥쳐올 것임을 분명히 예감한 채 집 안으로 달려간다. 나는 그녀가 문고리를 걸어 잠그는 소리를 듣는다. 자물쇠가 찰칵 하고 잠기는 소리를 듣는다. 그녀가 이 방 저 방 계속 돌아다니며 자기를 찾지 못하도록 불이란 불을 모두 끄는 것을 본다.

"자네도 같이 가세."

나는 마부에게 말한다.

"같이 가지 않겠다면 아무리 급하다 해도 떠나지 않겠네. 마차를 타고 가는 대가로 자네에게 저 처녀를 내줄 생각은 없어."

"이랴!" 하며 마부가 손뼉을 치자, 마차는 물살에 휩쓸린 통나무같이 쏜살같이 내달린다. 나는 마부의 습격으로 내 집의 문이 와지끈 부서지는 소리를 듣는다. 그런 다음 내 눈과 내 귀는 온 감각에 고루 파고드는 광음으로 채워진다. 그러나 그것도 잠시뿐이었다. 마치 내 집 대문 앞에 환자 집의 마당이 열려 있기라도 했던 것처럼, 내가 벌써 그곳에 도착해 있었던 것이다.

말들은 조용히 멈춰 섰다. 눈도 그쳤다. 주위에는 달빛이 가득하다.

환자의 부모가 집 밖으로 서둘러 달려 나온다. 뒤따라서 환자의 누이가 나온다. 사람들은 나를 마차에서 들다시피 해서 내려놓는다. 나는 그들의 혼란스러운 이야기를 조금도 알아들을 수가 없다.

환자의 방 안 공기는 숨을 쉬기 어려울 지경이다. 아무렇게나 내버려둔 화덕에서 연기가 나고 있다. 창문을 열어젖혀야지! 그러나 환자를 보는 것이 더 급하다.

비쩍 마르고, 열은 없고, 차갑지도 따뜻하지도 않고, 퀭한 눈초리로, 속옷도 입지 않은 채 깃털 이불 속에 누워 있던 소년이 부스스 몸을 일으키더니 내 목에 매달리며 속삭였다.

"의사 선생님, 저를 죽게 내버려두세요."

나는 주위를 둘러본다. 아무도 그 말을 듣지 못했다. 부모는 말없이 구부리고 서서 나의 진단을 기다린다. 누이는 왕진 가방을 놓으라고 의자를 가져왔다.

나는 가방을 열어 진료 기구를 찾는다. 소년은 자기의 부탁을 상기시키려는 듯 침대 위에서 손을 뻗어 계속 나를 더듬는다. 나는 핀셋 하나를 집어 촛불에 비쳐 살펴보고는 도로 내려놓는다.

'그래.'

나는 불경스러운 생각을 한다.

"이런 경우에는 신(神)들이 돕는 법이지. 없는 말을 보내

주고, 급하니까 한 필 더 붙여주고, 게다가 넘치도록 마부까지 주셨으니……."

이제 비로소 다시 로자 생각이 난다. 내가 뭘 해야 하지? 어떻게 그녀를 구하지? 마부 밑에 깔린 그녀를 내가 어떻게 빼내지? 그녀에게서 십 마일이나 떨어져 있는 데다 다루기 어려운 말을 마차에 매고 있는데 말이다.

왠지 모르지만 지금 이 말들은 끈이 느슨하게 풀어져 있었다. 게다가 창문도 바깥쪽에서부터 열려 있었다. 말들은 창문마다 한 마리씩 대가리를 들이밀고, 가족들이 소리쳐도 꿈쩍하지 않은 채 환자를 지켜보고 있다.

"곧 돌아가야지."

나는 말들이 재촉이라도 하는 것처럼 생각했다. 그러나 내가 더워서 정신이 없다고 생각한 누이가 내 털외투를 벗기는 것을 그냥 내버려둔다. 나를 위해 럼주도 내오고, 늙은 아버지는 내 어깨를 두드린다. 귀한 자식을 내맡겼으니 이런 허물없는 태도를 취해도 되는 것이다. 나는 머리를 흔든다. 노인의 좁은 소견이 불쾌한 때문인지도 모른다. 오직 그런 이유에서 나는 럼주 마시기를 거절한다. 어머니는 침대 곁에서 나를 그리로 오라고 한다.

말 한 마리가 방 천장을 향해 커다랗게 힝힝거리고 있는
사이, 나는 소년의 가슴에 머리를 대고, 내 젖은 수염 아래
에서 소년은 몸을 벌벌 떤다. 짐작했던 대로다. 소년은 건
강한 것이다. 약간 혈색이 나쁜 아이를 어머니가 걱정해
커피를 흠뻑 먹여놓았을 뿐이다. 그는 건강하므로, 그저
발길로 뻥 차 침대 밖으로 몰아내는 것이 상책일 것이다.
하지만 나는 세상을 개선하는 사람이 아니므로 그를 누워
있게 내버려둔다.

나는 이 지역에 고용되어 있는데, 너무하다 싶을 정도로
먼 마을까지 나가 내 임무를 다한다. 보수는 보잘것없지만,
나는 가난한 사람들에게 관대하며 그들을 기꺼이 보살핀
다. 하지만 나는 아직 로자를 돌보아야 하므로 그다음에야
소년을 돌볼 수 있을 터이고, 나 역시 죽고 싶다.

끝없는 이 겨울에 내가 여기서 무엇을 하겠는가! 내 말은
죽었고, 나에게 자기 말을 빌려줄 사람은 이 마을에 없다.
나는 돼지우리에서 마차에 맬 말을 끌어내야만 한다. 만일
그것이 우연찮게 말이 아니라면, 나는 암퇘지라도 타고 떠
나야 했을 것이다. 사정이 그렇다.

나는 가족들을 향해 고개를 끄덕인다. 그들은 그 사정을

모른다. 설령 그들이 나의 사정을 알더라도 믿지 않을 것이다. 처방전을 쓰기는 쉬우나 사람들을 이해시키는 일은 결코 쉽지 않다.

자, 이것으로 나의 방문은 끝난 것 같다. 사람들이 또한 번 나를 헛수고하게 만든 것이다. 그런 일에 나는 익숙해져 있다. 야간 비상종을 이용해 관할 구역 전체가 나를 고문한다.

그러나 이번에는 로자까지 내주어야 했다. 수년간 내 집에서 살면서도 나의 관심을 거의 끌지 못했던 그 어여쁜 소녀 — 이 희생은 너무나 큰 것이다. 아무리 호의(好意)를 가졌다 해도 나에게 로자를 다시 돌려줄 수 없는 이 가족들에게 맞서지 않기 위해, 나는 어떻게든 생각을 정리해두어야 한다.

그런데 내가 왕진 가방을 닫고 나서 털외투를 달라는 손짓을 하자 가족들이 모여 섰다. 아버지는 손에 럼주 잔을 들고 킁킁거리고, 내게 실망한 빛을 보이는 어머니는 — 이 사람들은 도대체 나에게 무엇을 기대하는 것일까? — 눈물을 글썽인 채 입술을 깨물고, 누이는 피가 잔뜩 묻은 손수건을 흔들고 있다.

나는 경우에 따라서는 소년이 아프다고 시인할 태세를 갖췄다. 내가 소년에게 다가간다. 소년은 마치 내가 금방 기운 날 수프라도 갖다 주는 양 나를 향해 미소를 짓는다. ― 아, 지금 말 두 마리가 힝힝거리는구나. 그 소리는 높은 데서 명령하는 것일 테니, 아마도 진단을 쉽게 해줄 것이다. ― 그리하여 나는 이제 발견한다. 정말로 소년이 아프다는 것을. 그의 오른쪽 옆구리, 허리께에 손바닥만 한 크기의 상처가 벌어져 있었다.

상처는 여러 가지 농담(濃淡)의 장밋빛으로, 깊은 곳은 색이 진하고 가장자리께로 올수록 옅어진다. 고르지 않은 응혈(凝血)이 오톨도톨하게 맺혀 있는 상처가 마치 파헤쳐진 광산처럼 열려 있다. 멀리서 보면 그렇다. 가까이에서 들여다보니 더 심한 상태가 나타났다. 누가 이 상처를 보면서 놀라지 않겠는가? 굵기와 길이가 내 새끼손가락만한 벌레들이 피로 빨갛게 물든 채 상처의 안쪽에 들러붙어 빛을 향해 꿈틀거리고 있다. 조그만 흰 머리와 수많은 작은 다리가 드러난다.

불쌍한 아이야, 너를 도울 방법이 없구나. 나는 너에게서 커다란 상처를 찾아냈다. 네 옆구리에 있는 이 꽃으로 말미암아 너는 죽을 것이다.

가족들은 기뻐하며 내가 일하고 있는 것을 보고 있다. 누이가 그것을 어머니에게 이야기하고, 어머니는 아버지에게, 아버지는 발꿈치를 든 채 펼친 두 팔로 중심을 잡으며 열린 문의 달빛을 뚫고 들어오는 몇몇 손님들에게 이야기한다.

"저를 구해 주시겠지요?"

자기 상처 속에 있는 생명체에 압도되어 기겁을 한 소년이 훌쩍이며 속삭인다.

내 구역의 사람들은 다 이렇다니까. 언제나 불가능한 일을 의사한테 요구하지. 그들은 오랜 신앙을 잃어버렸다. 신부는 집에 들어앉아 미사복을 가닥가닥 찢는다. 그러나 의사는 모름지기 부드러운 외과의의 손으로 모든 것을 해내야 하는 것이다.

자, 그럼 좋으실 대로. 내 쪽에서 나선 것이 아니니까, 당신들이 나를 성스러운 목적에 쓴다면 나 역시 그렇게 하도록 내버려둘 수밖에. 그밖에 무엇을 내가 할 수 있겠는가. 하녀를 강탈당한 늙은 시골 의사가!

그러자 가족들과 마을의 촌로들이 와서 내 옷을 벗긴다.

교사를 선두로 한 학교 합창단이 집 앞에서 다음과 같은 가사를 극도로 단순한 멜로디로 노래한다.

그의 옷을 벗겨라. 그러면 그가 치료하리라.
그러고도 치료하지 않거든, 그를 죽여 버려라!
그는 그저 의사일 뿐이니, 그저 의사일 뿐이니.

그러고 나서 내 옷이 벗겨졌고, 나는 고개를 갸웃하며 턱수염에 손가락을 댄 채 사람들을 응시한다. 더없이 침착함을 유지하는 나는 그들 모두보다 우월하고, 앞으로도 그럴 것이다. 그럼에도 불구하고 그러한 사실은 아무런 도움이 되지 않는다. 그들이 내 머리와 두 발을 잡아 나를 침대로 옮기고 있기 때문이다.

그들은 소년의 상처가 있는 옆구리 쪽의 벽에다 나를 내려놓는다. 그런 다음 모두 방을 나가고, 문이 닫힌다. 노랫소리도 멈췄고, 구름이 달을 가린다. 침구가 나를 따뜻하게 감싸고 있고, 창문 안으로 두 개의 말대가리가 그림자처럼 흔들거린다.

"그거 아세요?"

내 귀에 대고 속삭이는 소리가 들린다.

"저는 선생님을 별로 안 믿어요. 선생님은 그냥 어디엔가 떨어졌을 뿐이지, 선생님 발로 걸어오신 게 아니잖아요? 저를 돕기는커녕 죽어가는 제 잠자리만 비좁게 하시는군요. 차라리 선생님의 눈을 후벼 파내버렸으면 좋겠어요."

"맞아."

내가 말한다.

"이건 수치스런 일이야. 하지만 나는 의사다. 내가 무엇을 해야겠니? 이건 나한테도 쉬운 일이 아니라는 걸 알아다오."

"저더러 선생님의 그 따위 변명으로 만족하라고요? 아, 물론 그래야겠지요. 언제나 나는 만족해야 하지요. 아름다운 상처를 가지고 이 세상에 왔으니까요. 그게 제가 가진 전 재산이에요."

"젊은 친구, 자네의 결점은 전체를 조망(眺望)하는 눈을 갖지 못했다는 거야. 이미 온갖 환자의 방을 두루 다녀본 내가 자네에게 말해 주는 건데, 자네 상처는 그다지 나쁘지 않아. 도끼가 두 번 날카롭게 스쳐서 생긴 것이야. 사람들은 숲에서 옆구리를 드러내놓고도 도끼 소리조차 거의 듣지 못하는데, 하물며 도끼가 자기에게 다가오는 소리를 듣는다는 것은 불가능에 가깝지."

"정말 그런가요? 혹시 열에 들뜬 저를 속이시는 건 아닌 가요?"

"정말로 그래. 의사의 명예를 걸고 하는 말이니 새겨들어."

소년은 그 말을 받아들였는지 잠잠해졌다. 그러나 이제는 나의 구원에 대해 생각할 시간이었다. 아직도 말들은 충실하게 자기들 자리를 지키고 서 있었다.

나는 옷과 털외투 그리고 가방을 주섬주섬 챙겨 들었다. 옷을 입느라고 꾸물거리고 싶지 않았던 것이다. 말들이 이곳으로 올 때처럼 서둘러준다면, 나는 이 침대에서 내 침대 안으로 바로 뛰어들 수 있을 것이다.

말 한 마리가 순순히 창문에서 물러섰다. 나는 짐 꾸러미를 마차 안으로 던졌는데, 털외투가 너무 멀리 날아가 소매 한쪽만 겨우 갈고리에 걸렸다. 그것으로 됐다. 나는 날듯이 말 위에 올랐다. 가죽 끈들이 느슨하게 풀려 있어 말 두 마리를 제대로 잡아매지도 못한 채 마차는 갈피를 못 잡고 흔들거리면서 뒤에 붙어 오고, 맨 끝에서는 털외투가 눈 속에 질질 끌려왔다.

"이랴!"

나는 외쳤으나 말들은 그 말에 따르지 않았다. 우리는 늙은이들처럼 천천히 눈 덮인 벌판을 지나갔다.

우리 등 뒤에서는 아이들이 부르는 새로운, 그러나 잘못된 가사의 노래가 오래도록 울렸다.

환자들아, 기뻐하라.
의사를 너희 침대 속에 눕혀 놓았다.

이런 식으로는 결코 집에 돌아가지 않겠다. 번성하던 내 진료실은 사라졌다. 후임자가 내 자리를 넘본다. 그러나 소용없는 짓이다. 그가 날 대신하지는 못할 테니까. 내 집에서는 구역질나는 마부가 날뛰고, 로자는 그의 제물이다. 그건 생각하고 싶지 않다.

벌거벗은 채, 불행한 이 시대의 혹한에 맨몸으로 내던져져, 현세(現世)의 마차를 타고 내세(來世)의 말들에게 이끌려 늙은 나는 이리저리 떠돌고 있다. 내 털외투가 마차 뒤에 걸려 있다. 하지만 내 손은 거기까지 닿지 않는다.

변덕스러운 환자들 중에는 몸을 움직일 수 있는 자들도

있지만 어느 누구도 손가락 하나 까딱하지 않는다.

　속았구나! 속았어! 잘못 울린 야간 비상종 소리를 따르
다니 — 그것은 결코 돌이킬 수 없는 일이다.

단식 광대

왜 하필 40일이 지난 지금 중단해야 하는가? 그는 아직도 한참이나 더, 언제까지라도 버틸 수 있을 것 같았다. 왜 하필 지금, 정말이지 한창 단식을 하고 있는 지금 그만두어야 한단 말인가? 왜 사람들은 단식을 계속하려는 그의 명예를 빼앗아 가려고 하는가? ……군중들은 그에게 그토록 경탄한다고 하면서도 왜 그렇게도 참을성이 없는 걸까? 그는 계속 단식을 할 수 있는데, 그들은 왜 참아내지 못하는가?

— **본문 중에서**

지난 수십 년 동안 단식 광대에 대한 관심은 크게 줄어들었다. 예전에는 이런 종류의 공연을 독자적으로 크게 벌여 흥행에 성공할 수도 있었지만 오늘날에는 불가능하기 때문이다. 그때는 시대가 달랐던 것이다.

당시엔 온 도시가 단식 광대에게 관심을 가졌다. 단식이 진행될수록 사람들의 관심은 커져만 갔다. 적어도 하루에 한 번은 누구나 단식 광대를 보려고 했다. 나중엔 창살 달린 작은 우리 앞에 하루 종일 죽치고 앉아 있는 예약자들까지 생겨났다. 밤에도 사람들은 그 광대를 구경하러 왔고, 그러면 효과를 높이기 위해 횃불을 켜고 공연이 행해졌다.

화창한 날에는 우리가 바깥으로 옮겨졌는데, 그럴 때 단

식 광대는 특히 아이들의 구경거리가 되었다. 어른들에게
단식 광대는 유행 따라 한 번씩 구경 가는 흥밋거리에 불과
했지만, 아이들은 놀라서 입을 벌리고는 안전을 기하려는
듯 손을 꼭 잡은 채 광대의 창백한 얼굴을 들여다보았다.

단식 광대는 창백한 모습으로 몸에 착 달라붙는 검정
옷을 입고 있었기 때문에 갈비뼈가 앙상하게 드러나 보였
다. 그는 안락의자조차 거부하며, 여기저기 깔아놓은 짚
위에 앉아 있었다. 그는 예의 바르게 고개를 끄덕이거나
힘겹게 미소 지으며 질문에 대답하곤 했고, 사람들이 그가
얼마나 말랐는지 만져볼 수 있도록 창살 사이로 팔을 내밀
기도 했다. 하지만 그러고 나서는 다시 깊은 상념에 잠겨
무념무상의 경지에 빠져들었다.

그는 우리 안에 있는 유일한 가구라고 할 수 있는, 자신
에게 그토록 중요한 시계가 재깍거리는 소리에도 신경을
쓰지 않았다. 그는 거의 눈을 감은 채 앞만 바라보고 있었
고, 입을 적시기 위해 가끔씩 작은 유리잔에 담긴 물을 홀
짝거릴 뿐이었다.

오가는 구경꾼들 말고도 관람객들이 뽑아놓은 고정 감시
인들이 있었는데, 이상하게도 그들은 대개 도축업자들이

었다. 그들은 언제나 세 명씩 짝을 지어, 단식 광대가 몰래 음식을 먹지 못하도록 밤낮으로 감시하는 일을 맡고 있었다. 하지만 이는 그야말로 군중을 안심시키기 위한 형식에 불과했다. 단식 기간이 되면 단식 광대들은 어떤 경우에도, 심지어는 강요를 당할지라도 결코 음식을 먹지 않는다는 사실을 알 만한 사람들은 다 알고 있기 때문이다.

그는 예술가로서의 명예 때문에 그런 일을 하지 않았다. 물론 모든 감시인이 그런 사실을 이해하는 것은 아니었다. 야간에는 감시를 느슨하게 하는 무리들이 가끔 있었는데, 이들은 일부러 멀찍한 구석에 모여 앉아 카드놀이에 빠져들곤 했다. 단식 광대에게 몰래 숨겨둔 음식이 있으면 꺼내 먹으라는 뜻이었다. 단식 광대로서는 그런 감시인들을 만날 때가 가장 괴로웠다. 이들은 그의 기분을 더할 수 없이 비참하게 만들었고, 끔찍할 정도로 심하게 배고픔을 느끼게 했다. 그는 가끔씩 약해지는 마음을 이겨냈고, 이러한 감시인들이 있는 동안에는 자신이 견딜 수 있는 한 힘껏 노래를 불렀다. 이들이 단식 광대에게 갖고 있는 의혹이 얼마나 부당한 것인가를 보여주기 위해서였다.

하지만 이런 노력도 부질없는 일이었다. 이들은 그가 노래를 부르면서도 교묘히 잘도 먹는다고 의아해했기 때문이었다. 그로서는 오히려 창살에 바짝 붙어 앉아 있는 감시인들이 더 나았다. 그들은 큰 홀의 침침한 야간 조명으로는 충분치 않다는 듯 흥행주가 준비해 준 회중전등을 그에게 비춰댔다. 그러나 그 강렬한 불빛은 그를 조금도 방해하지 못했다. 어차피 제대로 잠을 잘 수 없었지만, 불빛이 비치거나 인파가 몰려들어 홀이 시끄러워도 꾸벅꾸벅 졸 수 있었기 때문에 이런 것은 별로 문제가 되지 않았다.

그런 식으로 그는 얼마든지 감시인들과 함께 한숨도 자지 않고 밤을 꼬박 새울 자신이 있었다. 그들과 농담을 나누고, 자신이 방랑하던 시절의 이야기를 들려주거나 또 그들의 이야기에 귀 기울여줄 마음도 있었다. 이 모든 일은 오직 그들을 깨어 있도록 하기 위함이었고, 우리 안엔 먹을 것이 아무것도 없으며, 그들 중 누구도 따라하지 못할 정도로 자신이 굶주리고 있음을 보여주기 위해서였다.

하지만 그가 가장 행복한 때는, 어느덧 아침이 되어 자신이 치르는 비용으로 이들에게 푸짐한 식사가 제공될 때였다. 밤을 새느라 피곤에 지친 감시인들은 건장한 남자들답게 왕성한 식욕으로 음식물에 덤벼들었다. 이런 아침 식사를 제공함으로써 감시인들이 부당하게 영향을 받을지도 모른다고 생각하는 사람들도 더러 있었지만, 그건 너무나 지나친 생각이었다. 그 일만을 위해 아침 식사를 하지 않고 밤새 감시할 생각이 있느냐고 그런 사람들에게 질문하면, 그들은 너나 할 것 없이 얼굴을 찌푸렸다. 그럼에도 그들은 자신들의 의심을 여전히 풀지 않았다.

물론 이러한 것은 단식과는 결코 떼어놓고 생각할 수 없는 의심들 중 하나였다. 어느 누구도 밤낮으로 단식 광대 곁에서 감시인 노릇을 할 수 없었으므로, 관찰만 가지고는 정말로 단식이 중단 없이 완벽하게 행해졌는지를 확인할 수 없었던 것이었다. 오직 단식 광대 자신만이 그것을 알 수 있었고, 또한 그만이 자신의 단식에 완전히 만족하는 관객일 수 있었다.

하지만 그는 어떤 이유에서인지 결코 만족하지 못했다. 사람들이 그의 몰골을 감당하지 못해 공연을 멀리할 만큼 그가 바짝 말라 버린 것은, 어쩌면 단식 때문이 아니라 자신에 대한 불만 때문인지도 몰랐다. 오직 그만이 단식이 얼마나 쉬운지를 알고 있었고, 이는 단식에 대해 좀 안다는 어느 누구도 알지 못했다.

단식은 세상에서 가장 쉬운 일이었다. 그도 그런 사실을 굳이 숨기지 않았지만 사람들은 그를 믿지 않았고, 기껏해야 겸손한 걸로 치부하거나 대부분은 그가 광적으로 자기를 선전하려 한다고 생각했다. 심지어는 그가 어떤 비결을 알기 때문에 쉽게 단식을 할 수 있는 것이며, 게다가 그런 사실을 숨기고 적당히 둘러대는 요령까지 갖춘 사기꾼이라고 생각했다.

이런 모든 일들을 그는 감수해야 했고 해가 가면서 익숙해지기도 했지만, 이러한 불만족은 언제나 그의 마음을 갉아먹고 있었다. 그래서 그는 단식 기간이 끝난 뒤에도 ― 이런 증명서를 그에게 발급해 주지 않을 수가 없었다. ― 자발적으로 우리를 떠나본 적이 없었다.

흥행주는 최장 단식 기간을 40일로 정해 놓고 어떤 대도시에서도 그 이상은 단식을 시키지 않았다. 물론 그렇게 한 데는 그럴 만한 이유가 있었다. 경험적으로 40일까지는 선전 효과를 점차 끌어올려 도시 사람들의 관심을 최고도로 끌어올릴 수 있었다.

하지만 그 이후에는 관중들의 호응이 떨어져, 관객 수가 확연히 줄어들었다. 물론 도시와 시골은 약간 차이가 났지만, 대개는 40일을 최장 기간으로 하는 것이 가장 효과적이었다.

그래서 40일째가 되는 날에는 화환으로 둘러쳐진 우리의 문이 열렸다. 열광적인 관중들이 원형극장을 메웠고, 군악대는 팡파르를 울렸다. 두 명의 의사가 우리 안으로 들어가서 단식 광대에게 필요한 검사를 하면 메가폰으로 그 결과가 장내에 공표되었고, 두 명의 젊은 숙녀가 추첨으로 뽑힌 것을 기뻐하며 걸어 나와 단식 광대를 우리에서 빼내어 두서너 계단 아래로 안내했다. 거기에는 작은 탁자 위에 세심하게 준비한 환자용 음식이 차려져 있었다.

그런데 이러한 순간이 오면 단식 광대는 항상 거부하는 자세를 취했다. 그는 자신을 도와주려고 몸을 숙인 숙녀들의 손에 뼈만 앙상하게 남은 팔을 내맡기기는 했지만 자리에서 일어나려고 하지는 않았다.

왜 하필 40일이 지난 지금 중단해야 하는가? 그는 아직도 한참이나 더, 언제까지라도 버틸 수 있을 것 같았다. 왜 하필 지금, 정말이지 한창 단식을 하고 있는 지금 그만두어야 한단 말인가? 왜 사람들은 단식을 계속하려는 그의 명예를 빼앗아 가려고 하는가? 이것은 이미 모든 시대를 통틀어 가장 위대한 단식 광대일지도 모르는 그가 계속 단식을 해서 자기 자신을 뛰어넘고 불가해한 단계에 이를 수 있는 명예였다. 그는 자신의 굶는 능력에 조금도 한계를 느끼지 않았다. 군중들은 그에게 그토록 경탄한다고 하면서도 왜 그렇게도 참을성이 없는 걸까? 그는 계속 단식을 할 수 있는데, 그들은 왜 참아내지 못하는가?

그는 지치긴 했지만 짚 위에서 자세를 고쳐 앉았다. 이제 몸을 높이 일으켜 세워 음식 쪽으로 걸어가야 했다. 음식은 생각만 해도 구역질이 났지만, 숙녀들을 생각해서 간신히 그런 기색을 억누르고 있을 뿐이었다. 그리고 그는 겉으로는 무척 친절해 보이지만 실은 잔인하기 그지없는 숙녀들의 눈을 올려다보고는, 가냘픈 목 위에 얹힌 무거운 머리를 좌우로 흔들었다.

그러고 나면 언제나 행해지는 일들이 이어졌다. 흥행주가 와서 아무 말 없이 — 음악 소리가 시끄러워 말을 할 수가 없었다. — 단식 광대 위로 두 팔을 치켜들었다. 그 모습은 마치 짚더미 위에 있는 자신의 작품인 가엾은 순교자를 굽어 살펴달라고 하늘에 호소하는 것 같았다. 사실 단식 광대는 전혀 다른 의미에서는 순교자였다. 그는 단식 광대의 가냘픈 허리를 감싸 안았다. 그러면서 과장된 조심성으로 자신이 얼마나 부서지기 쉬운 물건을 다루고 있는지 사람들이 실감토록 했다. 그런 다음 어느새 죽을 것처럼 창백해진 숙녀들에게 단식 광대를 넘겨주었는데, 그 와중에 단식 광대를 은근슬쩍 밀어서 비틀거리도록 만드는 것도 잊지 않았다.

단식 광대는 이 모든 일을 견뎌내고 있었다. 머리가 가슴 위로 늘어져 있었는데, 그곳에 붙어 있는 것이 도무지 설명되지 않을 정도였다. 몸은 속이 텅 빈 껍데기 같았다. 자기 보존의 본능으로 두 다리는 꼭 붙이고 있었지만, 발을 딛고 있는 땅바닥이 진짜 땅이 아닌 것처럼 헛발질을 해댔다. 그러다가 그리 무겁지는 않지만 몸의 전체 중량이 한 숙녀에게 쏠렸다. 그녀는 가쁘게 숨을 쉬면서 도움을 청했고 ― 그녀는 이러한 무보수 명예직을 얻을 줄은 꿈에도 생각하지 못했다. ― 얼굴만이라도 단식 광대에게 닿지 않게 하려고 한껏 목을 젖혔다. 하지만 그녀의 뜻대로 되지 않았다. 그녀보다 운이 좋은 다른 숙녀는 도와주기는커녕 도리어 흡족해하는 기색을 보였다. 곤경에 빠진 숙녀는 몸을 부들부들 떨면서 뼈를 묶은 작은 다발과 같은 단식 광대의 손을 자기 앞으로 가져오려고 했다. 장내의 관중이 그 모습을 보고 열광하며 웃어대자, 그녀는 끝내 울음을 터뜨리고 말았다. 그 바람에 그녀는 진작부터 대기하고 있던 직원과 교대할 수 있었다.

다음으로 음식이 나왔는데, 흥행주는 실신한 것처럼 잠에 빠져든 단식 광대의 입에 음식을 조금 흘려 넣어 주었다. 그는 관객들의 관심을 단식 광대한테서 다른 데로 돌리기 위해 쾌활하게 지껄여댔다. 그러고 나서 단식 광대가 자신에게 속삭인 말을 전하는 것처럼 관객들에게 건배 제의를 했다. 악대는 요란스러운 팡파르로 이 모든 것에 힘을 불어넣었고, 사람들은 하나둘씩 흩어지기 시작했다. 아무도 자신들이 본 것에 불만을 품지 않았다. 오직 단식 광대, 그만이 홀로 만족하지 못했다.

이렇게 그는 정기적으로 잠깐씩 쉬면서 오랜 세월을 살아왔다. 겉으로 보기엔 화려하다고 할 정도로 세상 사람들로부터 찬사를 들으며 생활했지만, 그럼에도 불구하고 그는 대체로 늘 울적해했다. 그러나 아무도 이를 진지하게 생각하지 않았기 때문에 그는 더욱 침울해졌다. 그렇다면 그를 어떻게 위로해 줘야 한단 말인가? 그에게 해줄 만한 일이 뭐가 있을까? 한번은 마음씨 착한 사람이 단식 광대를 딱하게 여기면서, 그가 우울한 것은 단식을 하기 때문이라고 설명했다. 그때는 단식이 한창 진행 중일 때였는데, 단식 광대가 그 말을 듣고 분노를 터뜨리면서 짐승처럼 우리의 창살을 마구 흔들어대는 바람에 다들 깜짝 놀랐다.

이런 사태가 생길 때면 흥행주가 즐겨 사용하는 처벌 수단이 있었다. 그는 모여 있는 관중들 앞에서 단식 광대를 위해 사과를 하고, 배부른 사람들은 잘 이해하지 못하겠지만 단식을 하게 되면 곧잘 화를 내게 되니 단식 광대의 행위를 용서해 달라고 덧붙였다. 그러면서도 단식 광대는 지금보다 훨씬 더 오래 단식할 수 있다고 주장한다면서 그의 높은 목표와 선한 의지, 가상한 자기부정을 칭찬했다.

그리고는 그 자리에서 판매용 사진들을 내보이면서, 단식 광대의 주장을 간단히 반박하려고 했다. 단식 40일째를 맞아 침대에 누워 있는 모습을 찍은 것인데, 사진 속의 단식 광대는 기력이 쇠한 나머지 금방이라도 사그라질 것 같은 몰골을 하고 있었다. 그것은 단식 광대도 잘 아는 장면이었지만, 지나치게 진실을 왜곡했기 때문에 그로서는 감당하는 것이 쉽지 않았다. 사람들은 그가 때 이르게 단식을 끝내는 바람에 그러한 결과를 초래했다고 보았던 것이다! 이처럼 몰지각하고 무지한 세상에 대항해서 싸우는 것은 애초부터 불가능했다.

그는 언제나 굳건한 믿음을 품고 창살에 기대어 흥행주의 말에 귀를 기울였지만, 그 사진들이 나오기만 하면 창살에서 물러나 한숨을 쉬며 짚더미에 풀썩 주저앉았다. 그러면 마음이 진정된 관객들이 다시 가까이 몰려와서 그를 구경할 수 있었다.

그 장면을 목격한 사람들이 2, 3년쯤 지나 당시를 돌이켜 생각해 보면 그들 자신도 잘 이해되지 않을 때가 더러 있었다. 그동안에 급격한 변화가 일어났기 때문이었다. 그 변화는 거의 갑작스럽게 찾아왔다. 거기에 깊은 이유들이 있을 수도 있겠지만 그걸 알려는 사람은 없었다.

어쨌든 버릇이 잘못 든 단식 광대는 어느 날 자기가 군중들로부터 버림받았다는 사실을 깨달았다. 그들은 다른 구경거리를 찾아 썰물처럼 빠져나가 버린 것이었다. 흥행주는 다시 한 번 옛날처럼 관심을 보여주는 곳이 없을까 하고 유럽의 절반을 그와 함께 돌아다니며 기웃거렸다. 그러나 모두가 부질없는 일이었다. 마치 몰래 약속이라도 한 것처럼, 어딜 가나 단식 쇼를 혐오하는 분위기가 팽배해 있었다.

물론 갑작스럽게 그렇게 된 것은 아니었다. 뒤늦게 되돌 아보건대, 성공에 도취되어 충분히 주의를 기울이지 않았 던 많은 징후들이 떠올랐다. 하지만 이제 와서 그걸 막을 방법을 강구하며 뭔가를 시도하기엔 늦은 감이 있었다. 언 젠가 단식 쇼가 다시 한 번 흥행하는 시대가 올 거라고 예상들은 하지만, 그건 현재 살아 있는 사람들에게 아무런 위안이 되지 못했다.

그러니 단식 광대는 이제 어떻게 해야 한단 말인가? 그 렇다고 수천 명의 관중들에게 둘러싸여 환호를 받았던 그 가 일 년에 한 번 서는 작은 시장의 가설 흥행 무대에 설 수는 없는 노릇이었다. 게다가 다른 직업을 구하기에 그는 너무 늙었을 뿐 아니라, 무엇보다도 단식 광대가 단식이라 는 것에 광적이라고 할 정도로 몰두해 있는 것이 문제였다.

그래서 그는 둘도 없는 인생의 동반자였던 흥행주와 작 별을 하고 한 대형 서커스단에 고용되었다. 그는 자신의 민감한 마음을 건드리지 않으려고 계약 조건 같은 것도 전혀 들여다보지 않았다.

대형 서커스단에는 언제라도 교체하거나 보충할 수 있는 수많은 인원과 동물들 그리고 기구들이 있었고, 단식 광대도 마찬가지 신세였다. 게다가 단식 광대는 자신의 옛 명성과 함께 고용된 처지였다. 나이가 많아져도 줄어들지 않는 그 기예의 독특함으로 해서, 더 이상 절정기에 있지 않은 한물간 예술가가 서커스의 한가한 자리로 도망치려 한다고는 아무도 말할 수 없었다.

그와 반대로 단식 광대는 예전처럼 단식할 수 있다고 큰소리를 쳤는데, 이는 전적으로 믿을 만한 얘기였다. 심지어 그는 자기 뜻대로 놔두기만 하면 이제부터 세상을 제대로 놀라게 해주겠노라고 했고, 사람들은 당장에 그렇게 해보라고 했다. 물론 단식 광대의 주장은 그가 흥분한 나머지 까맣게 잊고 만 시들해진 세상 분위기를 고려해 볼 때 전문가들의 실소를 자아내게 하는 것에 불과했다.

하지만 단식 광대도 실상을 모르고 있는 것은 아니어서, 자신의 공연이 최고 인기 프로그램이 아니라는 걸 알고 있었다. 그랬기에 자신의 우리가 원형 경기장의 한가운데가 아니라 사람들이 수시로 지나다니는 짐승 우리 근처에 놓인 것을 당연하게 받아들였다. 우리에는 큼지막하고 화려하게 그려진 광고가 빙 둘러져 있어, 거기서 무엇을 구경할 수 있는가를 알려주고 있었다. 관중들이 공연 휴식 시간에 동물들을 구경하려고 마구간으로 몰려갈 때 단식 광대 곁을 지나가게 되었는데, 이들은 거의 예외 없이 단식 광대가 있는 우리 앞에서 잠깐 멈추었다가 곧장 지나쳐 버리곤 했다. 좁은 통로로 사람들이 그렇게 많이 밀고 들어오지 않았더라면 좀 더 오랫동안 조용히 그를 관찰할 수 있었을지도 모른다. 처음에 그는 이 공연 휴식 시간을 고대해 마지않았다. 그는 몰려드는 관중을 마주 바라보며 황홀감에 빠졌다. 그러나 그것도 잠시, 그는 곧 — 의식적으로 자기를 속이려고 해도 이 깨달음에 저항할 수는 없었다. — 관중들이 구경하고 싶어하는 것은 마구간뿐이라는 사실을 알게 되었다.

멀리서 보면 이러한 광경은 그야말로 멋진 장관이었다. 그러나 끊임없이 무리 지어 그가 있는 곳까지 온 관중들을 막상 보면, 고함과 욕설을 해대는 자들일 뿐이었다. 그를 느긋하게 구경하려는 일부의 사람들도 — 이들은 이내 단식 광대에게 더욱 고통스러운 존재가 되었다. — 그를 이해해서가 아니라 일시적인 기분과 고집 때문에 그랬던 것이었고, 또 다른 무리는 곧장 마구간으로 가려는 이들이었다. 큰 무리의 사람들이 지나가고 나면 곧이어 뒤처진 사람들이 왔는데, 이들은 원하기만 하면 방해받지 않고 얼마든지 머물 수 있었지만 제때에 동물들이 있는 곳으로 가기 위해 거의 곁눈질도 하지 않고 서둘러서 큰 걸음걸이로 지나갔다.

드물게 운이 좋으면 어느 아버지가 아이들을 데리고 와서 손가락으로 단식 광대를 가리키며 여기서 무슨 일이 벌어지는지, 그가 예전에 이와 비슷하긴 하지만 비할 수 없이 큰 규모의 공연을 했을 때는 어땠는지를 들려주었다. 그러면 학교에서 별로 배운 것도 없고 인생 경험도 부족한 아이들은 여전히 이해를 못 하면서도 — 아이들에게 단식이 무슨 의미가 있겠는가? — 그를 탐색했는데, 그 빛나는 눈빛 속에는 새로 다가올 은혜로운 시대의 기미가 조금은 어려 있었다. 단식 광대는 자기 자리가 마구간과 그리 가깝지 않았다면 상황이 조금 나았을지도 모른다고 가끔 혼잣말을 했다.

서커스 사람들이 그를 마구간 곁에 둔 건 경솔한 결정이었다. 마구간에서는 악취가 났고, 밤중엔 동물들이 소란을 피웠으며, 조련사는 맹수들에게 줄 날고기를 운반해 갔다. 먹이를 줄 때마다 맹수들이 울부짖었는데, 그 소리는 그의 기분을 무척 상하게 하고 끊임없이 그의 마음에 상처를 입히면서 짓눌렀다. 하지만 그런 것은 전혀 고려의 대상이 되지 않았다.

그럼에도 그는 감히 서커스 감독관들에게 이의를 제기할 생각을 하지 못했다. 어쨌든 군중이 몰려드는 것도 동물들 덕분이었고, 방문객들 중 가끔씩 자신을 찾아온 사람도 있었기에 오히려 이를 고맙게 생각했다. 그리고 누가 알겠는가. 그는 자기 존재를 상기시키려 한다지만, 엄밀히 말해 그는 마구간으로 가는 길목의 방해물에 불과하다고 여겨져 어느 날 갑자기 사람들이 그를 어느 구석엔가 처박아 두게 될는지도 알 수 없는 노릇이었다.

사실 그는 초라한 방해물이었고, 점점 더 작아지는 방해물이었다. 오늘날과 같은 시대에 사는 사람들은 단식 광대에게 관심을 가져 달라고 요구하는 상술에 익숙해졌고, 그런 익숙함으로 그를 평가했다. 그는 할 수 있는 데까지 단식을 하고 싶어 했고, 또 그렇게 했다. 하지만 사람들은 그의 곁을 그냥 지나쳤고 그 무엇도 더는 그를 구제할 수 없었다. 누군가에게 굶는 묘기에 대해 설명하려고 해보라! 그걸 느끼지 못하는 사람에게는 결코 이해시킬 수가 없을 테니까.

그를 알리는 멋진 광고 글자들은 이제 더러워지고 더 이상 읽을 수 없게 되어, 사람들은 그것을 찢어냈다. 하지만 아무도 새것으로 교체할 생각을 하지 않았다. 단식 일수를 기록한 팻말도 처음에는 날마다 세심하게 날짜를 바꾸었지만, 이미 오래전부터 같은 날짜가 붙어 있었다. 처음 몇 주가 지나자, 그 작은 일거리를 맡은 직원 자신이 싫증을 냈기 때문이었다.

그러나 단식 광대는 이전에 꿈꾸던 대로 단식을 계속해 나갔고, 별다른 어려움 없이 그가 예고했던 만큼의 단식을 해낼 수 있었다. 하지만 아무도 날짜를 세고 있지 않았다. 아무도, 단식 광대 자신조차도 그 성취가 얼마만큼 큰 것인지 알지 못했다. 그는 마음이 무거워졌다. 그러던 어느 날 한 게으름뱅이가 그의 앞에 발걸음을 멈추더니 팻말에 쓰인 단식 날짜를 비웃으며 사기라고 말했다. 그것은 무관심과 천성적인 악의가 만들어 낼 수 있는 가장 어리석은 거짓말이었다. 단식 광대가 속인 것이 아니라, 그는 진실하게 일했지만 그를 보상해야 할 세상이 그를 속인 것이었다.

*

그렇게 다시 많은 날들이 흘러갔고, 그러다 그마저도 끝이 나게 되었다. 하루는 광대의 우리가 한 감독관의 눈에 띄었고, 그는 직원에게 이 우리는 쓸 만한데 왜 썩은 짚이나 채운 채 쓸모없이 방치해 두느냐고 물었다. 아무도 그이유를 몰랐지만, 마침내 한 사람이 숫자가 쓰인 팻말을 보고 단식 광대를 기억해 냈다. 사람들은 막대기로 짚을 휘저었고, 그 안에서 단식 광대를 발견했다.

"아직도 단식을 하고 있는 건가?"

감독관이 물었다.

"도대체 언제 끝낼 건가?"

"모두들 저를 용서해 주십시오."

단식 광대가 속삭이듯 말했다.

창살에 귀를 대고 있던 감독관만이 그의 말을 알아들었다.

"물론이지. 우리는 자네를 용서하네."

감독관은 그렇게 말하면서 이마에 손가락을 얹어 단원에게 단식 광대의 상태를 알려주었다.

"저는 줄곧 여러분이 제 단식을 보고 경탄하길 바랐습

니다."

단식 광대가 말했다.

"우리는 계속 경탄하고 있네."

감독관이 대답했다.

"하지만 여러분은 경탄해서는 안 됩니다."

단식 광대가 말했다.

"그렇다면 경탄하지 않도록 하겠네. 그런데 우리가 왜
경탄해서는 안 된다는 건가?"

감독관이 물었다.

"왜냐하면 저는 단식을 해야만 하고, 달리는 어쩔 수가
없기 때문입니다."

단식 광대가 말했다.

"이런! 그건 또 무슨 말인가? 왜 어쩔 수가 없다는 건가?"

"왜냐하면 저는······."

단식 광대는 작은 머리를 약간 쳐들고는, 마치 입맞춤을
하듯이 내민 입술을 감독관의 귀에 바짝 대고 속삭였다.

"입에 맞는 음식을 찾지 못했기 때문입니다. 그것을 찾아
냈다면 저는 결코 남들의 이목을 끌지도 않았을 테고, 당신
네들처럼 배부르게 먹었을 겁니다."

이것이 그의 마지막 말이었다. 하지만 그의 흐려진 눈빛에는 더 이상 자신만만한 확신은 아니더라도, 계속 단식하겠다는 굳은 의지가 담겨 있었다. 그는 계속 단식할 작정이었던 것이다.

"이제 처리하게!"

감독관이 이렇게 말했고, 사람들은 짚더미와 함께 단식 광대를 땅에 묻었다. 그리고 우리에다 젊은 표범 한 마리를 집어넣었다.

그렇게 오랫동안 황폐해져 있던 우리에서 야생동물이 이리저리 돌아다니는 것을 보자, 아무리 무딘 사람이라도 기분 전환이 되는 것을 느낄 수 있었다. 표범에게는 부족한 게 아무것도 없었다. 감시인들은 오래 생각해 보지도 않고서 표범이 좋아할 만한 먹이를 가져다주었다.

표범은 자신이 누리던 자유마저도 그립지 않은 모양이었다. 필요한 것은 뭐든지 갖춘, 물어뜯을 것까지도 갖추고 있는 그 고상한 몸뚱이는 자유라는 것까지도 스스로 지니고 있는 모양이었다. 이빨 어딘가에 자유를 물고 있는 것 같았다.

그리고 표범의 목구멍에선 뜨거운 열기와 함께 삶의 기

뽐이 흘러나왔는데, 관중들이 그것을 견뎌내는 것은 쉬운 일이 아닐 듯싶었다. 하지만 관중들은 이에 아랑곳하지 않고 우리 주변으로 몰려들었고, 좀처럼 그 자리를 뜨려 하지 않았다.

학술원에 드리는 보고

저에게는 출구가 없었기에 그것을 마련해야만 했습니다. 왜냐하면 출구 없이는 살 수 없었기 때문입니다. 언제까지나 그렇게 궤짝 벽에 갇혀 있었다면 저는 별수 없이 죽고 말았을 겁니다. …… 저는 일부러 자유라는 말은 사용하지 않습니다. 제가 말하는 출구는 사방으로 향하고 있는 자유라는 그 위대한 감정이 아닙니다. 어쩌면 제가 원숭이였을 때는 자유라는 것을 알았는지도 모릅니다. 그리고 후에 자유를 동경하는 인간들을 알게 되었습니다. 하지만 그 당시나 지금이나, 저는 자유를 요구하지 않습니다. ― 본문 중에서 존경하는 학술원 회원 여러분!

여러분께서는 저에게 원숭이로 살았던 이전의 삶에 대한 보고서를 제출하게 하는 영광을 주셨습니다.

하지만 저는 유감스럽게도 그 요청에 응할 수가 없습니다. 거의 5년이란 세월이 저를 원숭이로 살았던 삶에서 떼어놓았기 때문입니다. 달력으로 헤아리면 짧을 수도 있지만, 달음질쳐 왔던 제 인생에서는 무한히 긴 시간이었습니다.

훌륭하신 분들에게 여러 가지 충고와 갈채를 받고 오케스트라의 음악이 저와 함께했던 때도 있었지만, 사실 저는 늘 혼자였습니다. 저를 둘러쌌던 이 모든 것들을 비유적으로 말하자면, 저는 울타리 바깥 저 멀리에 떨어져 있었던 것이니까요. 만일 제가 저의 출신이나 젊은 시절의 기억에만 고집스럽게 매달렸다면 지금의 이러한 성과는 절대로 거두지 못했을 것입니다. 일체의 고집을 포기하는 것이야말로 제가 자신에게 내린 최고의 명령이었습니다.

자유로운 원숭이였던 저는 이러한 명에에 기꺼이 순종했습니다. 하지만 그로 인해 옛 기억은 저에게서 점점 멀어지다 못해 아예 문을 닫아 버렸습니다. 만약 사람들이 원해서 저를 옛날 원숭이 시절로 돌아가도록 했다고 가정합시다. 예를 들어 하늘이 지상에다 과거로 돌아가는 문을 만들어 활짝 열어놓고 거기를 통과해 가라고 했다 해도, 스스로를 가혹하게 채찍질하며 성취한 제 진화에 의해 그 문은 점점 낮아지고 좁아졌을 겁니다. 그러면서 저는 인간 세계에 점점 동화되어 이곳을 더 편안하게 느끼게 되었습니다.

저의 과거에서 불어오던 폭풍우는 잠잠해졌습니다. 지금 그것은 저의 발꿈치에 서늘하게 와 닿는 한 줄기 바람에 불과합니다. 그리고 그 바람이 불어오는, 제가 예전에 통과했던 까마득히 먼 곳의 구멍은 이제 너무나 좁아져서 저에게 되돌아갈 힘과 의지가 있더라도 제 몸의 털가죽을 홀랑 벗겨내야 겨우 통과할 지경입니다.

솔직히 말씀드리겠습니다. 고매하신 학자 여러분! 혹시 여러분의 등 뒤에도 두고 오신 어떤 원숭이의 근성이 있다고 가정하면, 여러분이 그 근성과 멀어진 정도나 제가 원숭이의 근성을 벗어난 정도나 별 차이가 없을 겁니다. 이 땅 위를 걷는 사람이라면 누구나 발뒤꿈치가 간지러운 법이니까요. 한낱 침팬지든 위대한 영웅 아킬레스든 말입니다.

하지만 제가 아주 조금은 여러분들의 질문에 답할 수 있을 것이고, 또한 기꺼이 보고를 드리겠습니다. 제가 가장 먼저 배운 것은 악수하기였습니다. 악수란 자신의 마음이 열려 있다는 것을 상대에게 보여주는 것이지요. 제 생의 절정에 서 있는 오늘, 첫 번째로 배운 악수에 대해 솔직하게 몇 마디 덧붙일 수 있겠습니다만, 학술원의 입장에서 보면 그것이 본질적으로 새로운 것을 제시해 주지는 않을 겁니다. 애초에 여러분이 저에게 요구한 것은 제가 아무리 애를 쓴다고 해도 말할 수 없는 것입니다. 어쨌든 원래 원숭이였던 것이 어떻게 인간 세계에 들어와 확고한 자리를 갖게 되었는지, 그 기본 경로를 보여드리는 일 말입니다. 하지만 지금부터 하려는 변변찮은 이야기조차도 만일 제가 스스로에 대해 확신이 없거나, 문명 세계의 대형 버라이어티쇼 무대에서 확고한 위치를 차지하지 못했더라면 분명 말씀드리지 못했을 겁니다.

저는 원래 황금 해안에 살고 있었습니다. 제가 어쩌다 붙잡혔는지에 대해서는 다른 분의 보고서에 의존할 수밖에 없습니다. 하겐베크 회사의 사냥 원정대가 — 원정대장과 저는 나중에 함께 어울려 훌륭한 적포도주를 마시는 사이가 되었습니다. — 해안 숲 속에 매복하고 있었고, 저는 저녁 무렵에 무리에 섞여 물을 마시려고 달려가고 있었습니다. 사냥꾼들은 총을 쏘았고, 유일하게 총에 맞은 것이 저였습니다. 두 방의 총알을 맞았습니다.

한 방은 뺨에 맞았는데, 별게 아니었지만 털이 패여 얼굴에 크고 시뻘건 흉터가 남게 되었습니다. 그래서 저는 빨간 피터라는, 어떤 원숭이가 생각해 냈을 법한 이름을 얻게 되었습니다. 죽은 지 얼마 되지 않은, 잘 길들여지고 꽤 유명했던 피터라는 원숭이하고 저를 단지 뺨 위의 시뻘건 흉터 하나로 구별한다는 듯이 말입니다. 저는 그 이름이 너무나 듣기 싫었고, 저와 조금도 어울리지 않는다고 생각합니다. 이건 그저 지나는 김에 드리는 말씀입니다.

두 번째 총알은 엉덩이 아래쪽에 맞았습니다. 그건 심각한 부상이었고, 제가 오늘날까지도 약간 절룩거리는 것은 그 때문입니다.

최근에 저는 저에 대해 경박한 말들을 수없이 해대는 이들 가운데 한 명이 쓴 신문 칼럼을 읽었습니다. 그자는 제가 원숭이의 본성을 아직도 완전히 벗어 버리지 못했다고 했습니다. 그 증거로, 방문객이 오면 제가 총알이 관통한 자리를 보여준답시고 바지를 훌렁 벗는다고 말하더군요. 그런 녀석은 글 쓰는 손가락 마디마디를 모조리 분질러 놓아야 합니다.

저는 제 마음대로 누구 앞에서든 바지를 벗을 수 있습니다. 그런다고 해도 사람들은 제 몸에서 잘 손질되어 있는 털과 흉터, 그러니까 사악한 — 이 자리에서는 목적에 맞는 정확한 단어를 쓰도록 하겠습니다. 하지만 오해는 하지 마십시오. — 그 사악한 총질이 남긴 흉터 말고는 아무것도 볼 수 없을 겁니다. 모든 것이 명백하게 드러나 있으니, 아무것도 숨길 것이 없습니다. 진실에 맞닥뜨리면 제 아무리 고상한 사람도 잘난 예의범절 따위는 팽개쳐 버리는 법이지요.

하지만 그 칼럼을 쓴 작자가 방문객 앞에서 바지를 훌렁 벗고 엉덩이를 까 보이면 그것은 물론 전혀 다른 얘기가 될 겁니다. 저는 그 작자가 그런 짓을 하지 않는 것을, 아직은 정신이 나가지 않은 증거라고 좋게 생각하려 합니다. 그러니까 그도 마음을 고쳐먹어 저를 괴롭히지 말고 내버려두었으면 합니다!

두 번 총을 맞은 다음 제가 깨어난 곳은 — 여기서부터 저 자신의 기억이 시작됩니다. — 하겐베크 증기선 중간 갑판에 있는 우리 안이었습니다. 사방이 창살로 된 우리가 아니라, 창살로 된 벽 세 개가 나무 궤짝에 붙어 있는 우리였습니다. 그러니까 나무 궤짝이 네 번째 벽이 되는 셈이었죠. 그 우리는 일어서 있기엔 천장이 너무 낮았고 주저앉아 있기엔 너무 좁았습니다. 그래서 저는 몸을 잔뜩 웅크린 자세로 끝없이 떨면서 쪼그리고 있었습니다. 처음에는 누구와도 얼굴을 마주치고 싶지 않았기 때문에 그저 컴컴한 어둠을 향해 궤짝 쪽으로 돌아앉아 있었습니다. 그러다 보니 쇠창살이 등 뒤의 살 속으로 파고들었습니다.

그 당시 사람들은 야생동물을 잡으면 그런 식으로 가두는 것이 편리하다고 여겼습니다. 오늘날 저도 경험해 보니,

인간의 입장에서라면 실제로 맞는 방법이라는 것을 부인할 수 없을 것 같습니다.

하지만 당시에는 그렇게 생각할 수 없었습니다. 저는 난생 처음으로 출구 없는 상황에 놓였습니다. 앞으로 나아갈 수가 없었지요. 제 바로 앞에는 궤짝이 버티고 있었고, 그 궤짝은 널빤지를 단단하게 이어 붙여 만든 것이었습니다. 널빤지들 사이로 기다란 틈이 나 있었는데 그 틈은 꼬리를 밀어 넣기에도 충분치 않았고, 원숭이의 힘으로는 아무리 해도 넓힐 수가 없었습니다. 하지만 그 틈을 처음 발견했을 때 저는 어리석게도 행복에 겨운 소리로 울부짖었습니다.

훗날 사람들은 그때 제가 이상한 소리를 내는 것을 듣지 못했다고 하더군요. 오히려 이상할 정도로 너무나 조용해서 그들은 제가 머지않아 죽어 버리거나, 어려운 시기를 견디고 살아남는다면 잘 길들여질 거라고 생각했다더군요. 저는 그 시기를 넘기고 살아남았습니다. 소리 죽여 흐느껴 울면서, 고통스럽게 벼룩을 잡으면서, 힘겹게 야자를 핥으면서, 머리로 궤짝 벽을 들이박으면서, 누군가가 다가오면 혀를 쭉 빼면서 말입니다.

이런 것이 새로운 삶에서 제가 처음으로 했던 일입니다.

그때 제가 느꼈던 것 단 한 가지는, 출구가 없다는 것이었습니다. 물론 제가 당시에 원숭이로서 느꼈던 것을 지금에 와서 인간의 언어로 표현하자니, 옛날 원숭이의 진실을 정확하게 표현하지 못할 수도 있습니다. 하지만 표현의 방향만큼은 진실이 들어 있습니다. 이 사실은 조금도 의심할 여지가 없습니다.

이전까지는 그토록 많았던 출구가, 그때부터는 하나도 없게 되었습니다. 저는 옴짝달싹할 수가 없었습니다. 설사 사람들이 저를 못으로 박아 놓는다고 해도 제가 움직일 자유가 그보다 더 줄어들 수는 없었을 겁니다. 왜 그럴까요? 여러분은 발가락 사이의 살을 암만 할퀴어도 그 이유를 알 수 없을 겁니다. 쇠창살이 여러분의 등을 두 동강낼 만큼 눌러대도 그 이유를 알지 못할 겁니다.

저에게는 출구가 없었기에 그것을 마련해야만 했습니다. 왜냐하면 출구 없이는 살 수 없었기 때문입니다. 언제까지나 그렇게 궤짝 벽에 갇혀 있었다면 저는 별수 없이 죽고 말았을 겁니다. 하지만 하겐베크 회사의 원숭이들은 모두 궤짝 벽에 갇혀 있어야만 했습니다. 그래서 저는 원숭이이기를 그만두었습니다. 저는 그토록 명료하고 멋진 생각을, 제 배에서 이러저러하게 짜냈던 것 같습니다. 원숭이들은 머리가 아니라 배로 생각을 하니까요.

출구라고 하는 제 말을 사람들이 제대로 이해하지 못할까 걱정스럽습니다. 저는 이 단어를 가장 일반적이고 완전한 의미로 사용하고 있습니다. 저는 일부러 자유라는 말은 사용하지 않으니까요. 제가 말하는 출구는 사방으로 향하고 있는 자유라는 그 위대한 감정이 아닙니다. 어쩌면 제가 원숭이였을 때는 자유라는 것을 알았는지도 모릅니다. 그리고 후에 자유를 동경하는 인간들을 알게 되었습니다. 하지만 그 당시나 지금이나, 저는 자유를 요구하지 않습니다.

지나가는 말입니다만, 인간들은 자유라는 것으로 자기를 기만할 때가 너무도 많습니다. 자유를 위대한 감정 중하나라고 여기는 것만큼이나 그에 상응하는 기만 또한 위대한 것이겠지요.

저는 버라이어티쇼에 데뷔하기 전에 곡예사 한 쌍이 천장에서 공중그네를 타는 것을 자주 보았습니다. 그들은 몸을 흔들어 그네를 타다가 훌쩍 날아오르고, 서로 팔을 잡고 공중을 떠다니면서 한 사람이 다른 사람의 머리카락을 입으로 물고 유영하기도 했습니다.

저는 '이것 역시 인간의 자유로구나.' 하고 생각했습니다. '독단이 느껴지는 동작이군. 신성한 본성을 비웃는 행위가 아닌가! 이런 광경을 보고 원숭이들이 웃음을 터뜨린다면 어떤 견고한 벽도 버텨내지 못할 것이다.'

그렇습니다. 저는 자유를 원치 않았습니다. 왼쪽이든 오른쪽이든 상관없이 제가 원한 것은 그저 하나의 출구였을 뿐입니다. 설령 그 출구가 하나의 기만일지라도 다른 것은 요구하지 않았습니다. 요구가 적은 만큼 기만 역시 그보다 크지 않았을 겁니다. '앞으로 나아가자! 계속 나아가자! 궤짝 벽에 몸을 바싹 붙이고 두 팔을 쳐든 채 망연히 있어서는 절대로 안 된다!'

그리고 저는 분명히 알게 되었습니다. 내적 평온을 찾지 못했다면 결코 빠져나올 수 없었을 거라는 사실을요. 실제로 지금처럼 제가 성공한 존재가 된 것은 그 배 안에서 며칠을 보낸 다음 평온함을 찾았기 때문일 겁니다. 그런데 그런 평온함을 찾을 수 있었던 건 배 안에 있던 선원들 덕분이었을지도 모릅니다.

그들은 좋은 사람들이었습니다. 수많은 일들에도 불구하고 말입니다. 오늘날까지도 저는 잠결에 그들의 무거운 발소리를 자주 떠올리곤 합니다.

그들은 무슨 일이든 매우 천천히 시작하는 버릇을 가지고 있었습니다. 어떤 이는 눈을 비빌 때도 손을 늘어진 추처럼 천천히 들어 올렸습니다. 농담은 거칠었지만 애정이 담겨 있었습니다. 그들의 웃음소리는 늘 위협적으로 들렸지만 사실 별 뜻 없는 헛기침이 섞여 있는 경우가 대부분이었습니다. 그들의 입속에는 늘 뱉어낼 것이 들어 있었고, 거리낌 없이 아무 데나 그걸 뱉었습니다. 제 몸에 있는 벼룩이 튀어 자기들에게 옮겨 붙는다고 투덜거렸지만, 그렇다고 진짜로 화를 낸 적은 한 번도 없었습니다. 제 털 속에는 원래 벼룩이 많고 또 벼룩은 원래 잘 튄다는 사실을 알았기에, 그저 그러려니 한 겁니다.

선원들은 일이 없을 때면 가끔 몇몇이서 제 주위에 둘러앉곤 했습니다. 그러고는 별말도 하지 않으면서, 서로 그르렁거리기만 했습니다. 궤짝 위에서 사지를 늘어뜨리고 파이프 담배를 피우기도 했습니다. 그러다 제가 조금이라도 움직이면 곧바로 나뭇가지를 들고 와서 저를 시원하게 긁어주기도 했습니다.

만약 지금 다시 그 배를 타고 여행하자는 초대를 받는다면 저는 분명히 거절할 겁니다. 하지만 분명한 사실은, 그 갑판에서 겪었던 기억이 나쁘지만은 않았다는 것입니다.

저는 그들 무리에 둘러싸여 마음이 평온해져서, 무엇보다도 도망치는 것을 단념했습니다. 지금 생각해 보면, 제가 살아남으려면 반드시 출구를 찾아야 한다는 걸 알고 있었지만 그것은 도망쳐서 얻을 수 있는 게 아니라는 걸 어렴풋하게나마 예감했던 것 같습니다. 제가 도망치는 게 과연 가능했는지는 지금도 잘 모르겠습니다만, 원숭이라면 언제든 도망칠 수 있다고 생각합니다. 지금의 제 이빨은 호두를 까는 일조차 조심해야 할 정도이지만, 당시에는 어느 정도 시간만 들이면 문빗장도 물어 뜯어낼 수 있었을 것입니다. 하지만 저는 그러지 않았습니다. 그런다고 무엇을 얻을 수 있었겠습니까?

제가 머리를 내밀자마자 사람들은 다시 저를 붙잡아서 더 고약한 우리에 가두었겠지요. 혹은 제가 몰래 빠져나가 다른 동물들, 이를테면 제 맞은편에 있던 구렁이들에게로 도망쳤다면 그것들에게 칭칭 감겨서 죽었을 수도 있었겠지요. 그도 아니면 갑판 위까지 몰래 기어 올라가 뱃전에서 물속으로 뛰어내리는 데 성공했다 해도 얼마 동안 망망대해에서 허우적거리다가 빠져 죽고 말았겠지요. 그런 것들은 절망한 나머지 저지르는 자살 행위일 뿐입니다. 저는 인간처럼 계산할 줄은 모르지만, 환경의 영향을 받아서인지 마치 계산이라도 한 것처럼 행동했습니다.

저는 계산을 하지는 않았지만, 매우 안정된 가운데 차분히 관찰했던 것 같습니다. 사람들이 왔다 갔다 하는 모습을 지켜보았습니다. 언제나 같은 얼굴, 같은 동작이어서 모두가 한 사람처럼 보이기도 했습니다. 그러나 사람들은 한 사람이든 여러 사람이든 간에 아무런 방해도 받지 않고 자유로이 돌아다녔습니다. 제 안에 한 가지 목표가 어렴풋이 떠올랐습니다. 제가 사람들처럼 된다고 하더라도 창살 밖으로 내보내주겠다고 약속한 사람은 아무도 없었습니다. 이루어질 가능성이 없어 보이는 일에 대해선 아예 약속을 하지 않는 법이니까요. 하지만 이루어질 가능성이 엿보인다면, 전에는 아무리 요구해도 안 되었지만 나중에는 약속이 이루어질 수도 있는 겁니다. 그런데 그 사람들 자체에는 제 마음을 사로잡는 것이 아무것도 없었습니다. 제가 앞서 언급했던 자유를 제가 혹시 굳게 믿고 바랐다면, 저는 분명 그 사람들의 흐리멍덩한 눈길 속으로 보이는 출구보다는 망망대해를 택했을 겁니다.

어쨌든 저는 그런 생각들을 하기 전부터 오랫동안 그들을 관찰하고 있었고, 그렇게 관찰을 계속하면서 일정한 방향으로 밀고나가기 시작했습니다.

사람들을 흉내 내는 것은 정말이지 식은 죽 먹기였습니다. 침 뱉기는 며칠 만에 금방 따라할 수 있었습니다. 그래서 사람들과 함께 얼굴에 침 뱉는 놀이를 자주 했습니다. 차이점이라면, 그리고 난 다음에 저는 제 얼굴을 핥아서 닦아냈지만 그들은 그러지 않았다는 것뿐이었습니다. 파이프 담배는 곧 노인처럼 느긋하게 피울 줄 알게 되었습니다. 제가 엄지손가락을 파이프 대가리 구멍에 쑤셔 넣기라도 하면 갑판 전체에서 환호성이 터졌습니다. 다만 저는 속을 채운 파이프와 빈 파이프의 차이를 구별하는 일만은 꽤 나중에야 할 수 있었습니다.

병에 든 독한 술은 저를 가장 힘들게 했습니다. 지독한 그 냄새가 저를 괴롭혔지요. 저는 무슨 수를 써서라도 참으려고 안간힘을 썼는데, 몇 주가 지나서야 저 자신을 이겨낼 수 있었습니다. 사람들은 이상하게도 이러한 내적인 싸움을 저의 다른 어떤 것보다도 진지하게 받아들였습니다. 그

선원들을 저는 일일이 구분할 수는 없지만, 어쨌든 밤이건 낮이건 시도 때도 없이 혼자서 또는 동료들과 함께 저를 찾아오는 사람이 있었습니다.

그는 제 앞에 술병을 들고 서서 저를 가르쳤습니다. 그는 저를 이해하지는 못했지만 제 존재의 수수께끼를 풀고 싶어 했던 것입니다. 그는 천천히 술병의 코르크 마개를 뽑고서 그게 무슨 뜻인지 제가 이해했나를 살피려고 저를 쳐다보았습니다. 고백컨대 저는 언제나 정신없이 빨려 들어갈 것처럼 그를 응시했습니다. 지구상의 어떤 인간 교사도 그런 인간 제자를 만나지 못했을 겁니다.

그는 마개를 따고 나서 술병을 입가로 가져갔습니다. 제 시선이 그의 목까지 따라가자, 그는 저를 보며 만족한 듯 고개를 끄덕이고는 병을 입술에 갖다 댔습니다. 저는 조금씩 알아가는 기쁨에 사로잡혀 괴성을 지르면서 손닿는 곳이면 어디든 제 몸 구석구석을 마구 긁어댔습니다. 그러면 그는 기분이 좋아져서 술병을 들고 한 모금 마셨지요. 저는 그를 따라하고 싶은 마음에 조바심이 나서 절망적인 심정으로 우리 안에다 오줌을 지리고 말았습니다. 그런데 그는 그런 제 꼴을 보고 몹시 흡족해했습니다. 그러더니 술병을

든 팔을 힘껏 내밀었다가 단번에 병을 위로 쳐들어 저를 가르치기 위한 과장된 몸짓으로 몸을 한껏 젖히며 단숨에 그것을 비워 버렸습니다. 저는 너무도 과도한 요구를 더 이상 따라하지 못하고 쇠창살에 힘없이 매달렸습니다. 그 사이에 그는 배를 쓰다듬으며 그날의 이론 교육을 마쳤다는 듯 만족스럽게 웃었습니다.

그리고 실제 연습이 시작되었습니다. 이미 저는 이론 교육으로 인해 완전히 지쳐 있었습니다. 그럼에도 저는 건네받은 술병을 가능한 한 꽉 붙들고서 부들부들 떨며 마개를 뽑았습니다. 병마개를 여는 데 성공하자 새로운 힘이 생겨났습니다. 저는 선생이 보여준 시범 동작과 다를 바 없이 술병을 들어 올려 입에 갖다 댔습니다. 그리고는 이내 너무나 역겨운 나머지 술병을 휙 내던져 버리고 말았습니다. 술병은 비어 있었고, 술 냄새만 났는데도 왈칵 토할 것 같아서 그것을 바닥에 내던지고 만 것입니다.

선생은 무척 애석해했고, 저 자신도 말할 수 없이 슬펐습니다. 술병을 던진 다음 배를 쓰다듬고 만족한 웃음을 지어보이는 것은 훌륭하게 해냈지만, 그것으로 선생과 나의 슬픔이 가시지는 않았습니다.

수업은 너무나 자주 그런 식으로 끝나 버렸습니다. 그런데 존경스럽게도, 선생은 제게 화를 내지 않았습니다. 가끔씩 불붙인 파이프를 제 털에 갖다 대서 제 손이 닿지 않는 곳이 타들어갈 때도 있었지만, 그러면 그는 믿음직한 커다란 손으로 불을 다시 꺼주었습니다. 그는 제게 화를 내지 않았고, 우리가 같은 입장에서 원숭이의 본성과 싸우고 있다는 것, 그리고 제가 더 힘겨운 몫을 맡고 있다는 것을 알고 있었습니다.

그러던 어느 날 저녁, 제 주위에 많은 사람들이 몰려들었습니다. — 무슨 축제였는지 축음기 음악이 들리고, 장교 한 명이 사람들 사이를 돌아다니고 있었습니다. — 저는 우리 앞에 아무렇게나 놓여 있던 독주 병을 움켜쥐었습니다. 군중이 저를 지켜보는 가운데, 저는 그동안 배운 대로 코르크 마개를 뽑아 입에 갖다 대고는 망설임 없이, 입술도 한번 찡그리지 않고서, 둥그렇게 뜬 눈을 데굴데굴 굴리면서, 마치 타고난 술꾼처럼 꿀꺽거리며 한 방울도 남김없이 목구멍으로 들어부었습니다. 그것은 그와 저를 위해 얼마나 놀라운 승리였을까요. 저는 더 이상 절망에 빠진 자가 아니라 예술가처럼 멋진 몸짓으로 술병을 내던졌습니다.

비록 배를 쓰다듬는 것을 잊어버리기는 했지만 말입니다.

그 후 저는 뭔가 충동에 사로잡히고 정신이 몽롱해진 나머지 사람의 말소리로 짧고도 분명하게 "이봐!" 하고 소리쳤습니다. 인간의 말을 터뜨린 이 한마디의 외침으로 저는 인간 사회로 뛰어든 것입니다. 내 말에 그들이 응답하는 소리가 들려왔습니다.

"들어봐, 원숭이가 말을 하네!"

이러한 말은 온통 땀범벅이 된 제 몸뚱어리에 입을 맞추는 것처럼 느껴졌습니다.

다시 한 번 말씀드립니다만, 저는 인간을 흉내 내는 일에 유혹을 느꼈던 적은 없습니다. 저는 단지 출구를 찾기 위해 흉내 냈을 뿐, 다른 이유는 전혀 없었습니다. 게다가 그 승리란 것도 저에게는 별로 대단한 것이 아니었습니다.

인간의 소리는 그 뒤로 나오지 않다가, 몇 달이 지나서야 다시 가능해졌습니다. 술병은 보기만 해도 진저리가 났습니다. 하지만 그것으로 제가 나아갈 방향만은 확실해졌습니다.

제가 함부르크에서 첫 번째 조련사에게 넘겨졌을 때, 저는 두 가지 가능성이 있음을 알아차렸습니다. 동물원에 가든가 아니면 버라이어티쇼 무대에 서는 것이었습니다. 저는 망설이지 않았습니다. 저는 모든 노력을 다해 버라이어티쇼 무대에 서야 한다고 다짐했습니다. '그것이 바로 출구다. 동물원은 또 다른 창살 우리일 뿐이니, 거기 들어가게 되면 끝장이다.'라고 생각했습니다.

존경하는 여러분, 그래서 저는 배웠습니다. 누구나 배우지 않으면 안 될 만큼 절박해지면 배우게 됩니다. 출구가 필요할 때 배웁니다. 앞뒤 가리지 않고 배우는 것입니다. 스스로를 채찍질하고, 스스로를 감시합니다. 조금이라도 하기 싫어질 때면 살이 찢어지도록 저 자신을 내리칩니다. 그리하여 제 안에서 원숭이의 본성이 도망치듯 조금씩 빠져나갔습니다. 그 결과 저의 첫 번째 선생이 도리어 넋이 나가 원숭이처럼 되어 버렸고, 이내 가르치는 것을 포기하고 정신병원으로 실려 갔습니다. 다행히도 곧 나았지만 말입니다.

그 후로도 저는 많은 선생들을 만났고, 심지어는 한꺼번에 여러 선생에게서 배울 때도 있었습니다. 제 능력이 날로 진보하자, 세상도 저의 발전을 주시했습니다. 그리고 마침내 제 미래가 빛나기 시작했을 때, 저는 차례로 늘어선 방

다섯 개에 직접 선생들을 초청해 앉혀놓고 이 방에서 저 방으로 쉴 새 없이 뛰어다니면서 모든 것을 동시에 배웠습니다.

이 눈부신 발전! 깨어나는 제 두뇌 속으로 사방에서 밀려들던 이 지식의 빛들! 그것이 저를 행복하게 했다는 것을 부인하지는 않겠습니다. 하지만 또한 고백하자면, 저는 그것을 과대평가하지도 않습니다. 당시에도 그랬지만 지금은 더더욱 그렇습니다. 어쨌거나 저는 지금까지 지구상에서 유례가 없을 만큼 피나는 노력 덕분으로 유럽인의 평균적인 교양에 도달하게 되었습니다. 물론 그것 자체는 아무것도 아닐지 모릅니다. 하지만 그것은 저를 우리에서 빠져나오도록 해주었습니다. 그리고 이 특별한 출구, 인간이 되게 하는 이러한 출구를 제게 만들어주었다는 점에서는 분명 의미가 있습니다.

'슬그머니 달아나다.'라는 멋진 표현이 독일어에 있습니다. 제가 바로 그 일을 해냈습니다. 저는 슬그머니 달아난 것입니다 저에게는 선택할 자유가 없었기에 달리 다른 길이 없었던 겁니다.

저의 발전을 되돌아보고 지금까지 달성한 걸 쭉 훑어보

면서 저는 불평도 만족도 하지 않습니다. 저는 양손을 바지 주머니에 찌르고, 탁자 위에 포도주 병을 올려놓고, 흔들의 자에 비스듬히 누워서 창밖을 내다봅니다. 손님이 오면 적절한 방식으로 맞아들입니다. 저의 공연 매니저는 앞방에 대기하고 있다가 벨을 누르면 달려와서 제가 하는 지시를 듣습니다. 저녁에는 거의 매번 공연이 있는데, 그 공연들은 더 바랄 수 없을 만큼 대성공을 거두고 있습니다.

제가 연회나 학술 모임 등 여러 유쾌한 모임을 끝내고 밤늦게 집으로 돌아오면 훈련 중인 암컷 침팬지가 저를 기다리고 있습니다. 그리고 저는 다른 원숭이들과 같은 방식으로 그 암컷 침팬지와 즐거운 시간을 보냅니다.

그러나 낮에는 그 암컷 침팬지를 보지 않으려고 합니다. 왜냐하면 그녀의 눈동자에는 훈련받고 있는 동물에게서 보이는 정신 착란의 혼란스러운 빛이 어려 있기 때문입니다. 저만이 그걸 알아볼 수 있는데, 저는 그 눈빛을 견딜 수가 없습니다.

어쨌거나 제가 도달하려고 한 목표는 대체로 달성한 셈입니다. 그것이 노력할 만한 가치가 없는 일이었다고 저에게 말하지 마십시오. 저는 인간들에게 판단 받는 것을 원치 않습니다. 저는 단지 저의 지식을 넓히고 싶을 뿐입니다. 그리고 그저 보고할 따름입니다.

존경하는 학술원 회원 여러분, 여러분들께도 저는 다만 보고를 드렸을 뿐입니다.

□ 프란츠 카프카의 삶과 작품

  유대계 독일 작가인 프란츠 카프카(Franz Kafka)는 현대사회 속 인간의 존재와 소외, 허무를 다룬 소설가이다. 그는 비현실적이면서도 현실적인 상황 설정 속에서 인간의 존재를 끊임없이 추구한 실존주의 소설가로 널리 알려져 있다. 무력한 인물들과 그들에게 닥치는 기이한 사건들을 통해 20세기 세상 속의 불안과 소외를 폭넓게 암시하는 매혹적인 상징주의를 이룩했다는 평을 듣고 있다.

  카프카는 체코(오스트리아·헝가리 제국에 속했던 보헤미아 왕국)의 프라하에서 독일어를 쓰는 중간계급의 유태인 가정에서 태어났다. 그는 자수성가한 상인으로 기골이 장대하고 독선적이었던 아버지와 관계가 좋지 못했다. 현실적이고 빈틈없는 아버지의 눈에는 아들의 모습이 몽상가에 불과했으며, 어린 카프카의 눈에 아버지는 지독한 일벌레에 가족은 안중에도 없이 사업의 성공에만 몰입하는 사람으로 보였다.

신분 상승을 위해 어머니조차 아버지의 사업을 도와야 했기 때문에 그는 줄곧 남의 손에 의해 키워졌고, 그의 나이 두 살 때, 그리고 네 살 때 동생인 게오르크와 하인리히가 태어났지만 곧 죽고 마는 일을 목격하게 된다. 이후 그의 나이 여섯 살 때인 1889년 여동생 엘리가, 또 1년 뒤에는 발리가, 그리고 그 2년 뒤에는 오틀라가 태어나지만, 이 세 자매 역시 제2차 세계대전의 광기에 희생당하고 만다. 아버지와의 불화와 동생들의 잇단 죽음을 목격하면서 그는 불안정한 유년기를 보낸다.

그의 아버지는 카프카에게 상인의 기질이 보이지 않자 독일계 인문 중·고등학교에 입학시킨다. 이곳에서 카프카는 루돌프 일로비, 시오니스트 후고 베르크만, 에발트 펠릭스 프리브람, 오스카 폴락 등 평생을 두고 교유하는 몇 명의 중요한 친구들을 만나게 된다. 1901년 프라하의 카를 페르디난트 대학에 진학한 카프카는 주로 문학과 예술사 강의에 흥미를 보였으나, 아버지의 바람대로 법학을 전공으로 선택한다. 하지만 법관이나 변호사가 될 생각은 추호도 없었으므로, 1906년 법학 박사 학위를 받고 법원에서 1년간의 수습 기간을 마친 뒤 일반 보험회사에 입사한다. 1908년 '보헤미아 왕국의 노동자 상해보험국'으로 자리를 옮긴 후로는 죽기 2년 전인 1922년까지 그곳에서 법률고문으로 근무하는 한편, 오후 2시에 퇴근하여 밤늦도록 글을 썼다.

이 무렵 유럽의 노동 환경은 무척 열악했다. 카프카는 공무 출장과 노동자들과의 접촉 등 이곳에서의 업무를 통해 관료기구의 무자비성, 노동자들에 대한 가혹한 대우와 이들의 비참한 생활상을 직접 체험하고 자본주의 사회의 내면을 속속들이 꿰뚫어볼 수 있었을 것이다. 카프카가 자신의 작품에서 개인의 소외와 무력감에 대해 보여주는 깊은 통찰은 여기에서 나온 것이라고도 할 수 있다.

1919년 각혈을 했으나 의사의 진찰을 거부하다 증세가 악화되어 결국 요양소와 여동생들의 집을 전전한다. 하지만 이 시기에 그는 죽을 때까지 함께한 도라 디아만트의 헌신적인 사랑으로 비로소 일찍이 맛보지 못한 삶의 애착

과 행복을 경험한다. 도라는 그의 곁을 밤낮으로 지키며
간호했지만 1924년, 병약하고 내향적이었던 그는 자신에
게 부과되는 출세, 결혼 등의 중압감에 쫓기며 글을 쓰다가
폐결핵에 영양실조까지 겹쳐 41세의 젊은 나이로 생을 마
감하기에 이른다.

　카프카는 평생 불행하게 지냈다. 프라하의 상층부를 장
악하고 있던 독일인에게는 유대인이라는 이유로, 같은 유
대인들로부터는 시온주의에 반대한다는 이유로 배척받았
다. 생전에 카프카는 출판업자들의 요청으로 마지못해 발
표하기 전까지는 자신의 작품을 세상에 내놓기를 꺼렸으
며, 발표된 작품들도 대중의 몰이해 속에 거의 팔리지도
않았다. 그는 죽음을 앞두고 친구인 막스 브로트에게 보낸
유서에서 자신의 모든 글을 불태워줄 것을 부탁했을 만큼
쓰는 것 외의 다른 것을 바라지 않았지만, 세계의 불확실성
과 인간의 불안한 내면을 독창적인 상상력으로 그려낸 그
의 작품은 타계 후 전 세계에 알려졌다.

　1912년에 〈실종자〉(후에 〈아메리카〉로 개제), 〈변신〉을
쓰기 시작했고, 1914년에는 〈유형지에서〉와 〈심판〉 집필
에 들어갔다. 1916년에는 단편집 〈시골 의사〉를 탈고했

다. 1917년에 폐결핵이 발병하여 여러 곳으로 정양을 다니게 되고, 1922년에 〈성(城)〉을 집필하기 시작했다. 결국 폐결핵으로 1924년에 빈 교외의 키어링 요양원에서 사망했다. 〈변신〉 외에 대표작으로 〈심판〉, 〈성(城)〉, 〈실종자〉, 〈유형지에서〉, 〈시골 의사〉, 〈시골에서의 결혼 준비〉 등이 있다.

1883 7월 3일 프라하의 유대인 가정인, 상인 헤르만 카프
　　 카와 율리에 뢰비 사이에서 장남으로 태어남.

1889~1893 프라하 시내의 독일어를 사용하는 초등학
　　 교에 재학.

1893 프라하에 있는 국립 김나지움에 입학.

1901 김나지움 졸업. 아버지의 뜻에 따라 프라하의 카를
　　 페르디난트 대학 법학과에 입학.

1902 카프카를 문단으로 이끈 막스 브로트를 만남.

1904 첫 작품으로 알려진 〈어느 투쟁의 묘사〉와 몇몇 단
　　 편, 산문시 집필.

1906 대학에서 법학박사 학위 취득. 10월부터 1년간 '법

률 수습 기간'을 보냄.

1907 10월 프라하의 보험회사인 '아시쿠라지오니 게네
랄리'에 입사. 〈시골에서의 결혼 준비〉 집필.

1908 프라하의 반(半)관영업체인 '보헤미아 왕국의 노동
자 상해보험국'에 입사. 8개의 산문이 '관찰'이라는
제목으로 잡지 〈휘페리온〉에 게재됨으로써 첫 출판
이 이루어짐.

1909 프라하의 신문 〈보헤미아〉에 〈브레샤의 비행기〉 발표.

1911 배우인 이작 뢰비와 친교. 〈도시의 계절〉 집필.

1912 친구 막스 브로트의 집에서 펠리체 바우어를 만남.
펠리체와 편지 교환 시작.

9월 〈선고〉,

10월~이듬해 1월 〈실종자〉를 7장까지 집필.

11~12월 〈변신〉,

12월 프라하에서 〈선고〉에 대한 첫 낭독회를 가짐.

1913 베를린에 있는 펠리체 바우어를 방문.
쿠르트 볼프 출판사에서 〈화부〉 간행.
〈아르카디아〉에 〈선고〉 실림.

1914 6월 베를린에서 펠리체와 약혼 후 7월에 파혼.

7~8월 〈소송〉 집필 시작.

10월 〈유형지에서〉, 〈실종자〉의 마지막 장 탈고.

12월 〈법 앞에서〉 집필.

1915 12월 쿠르트 볼프 출판사에서 〈법 앞에서〉 간행.

1916 〈묘지기〉, 〈사냥꾼 그라쿠스〉, 단편집 〈시골 의사〉
집필.

1917 7월 펠리체와 두 번째 약혼 후 12월에 다시 파혼.

8월 첫 번째 각혈, 폐결핵 진단 받음.

〈학술원에 드리는 보고〉, 〈가장의 걱정〉,
〈만리장성 축조〉 집필.

1918 보험국에서 새롭게 근무를 시도하나 재차 발병.

1919 율리에 보리첵과 여름에 약혼.

〈유형지에서〉, 단편집 〈시골 의사〉 출판.

슐레젠에서 〈아버지에게 드리는 편지〉 씀.

1920 율리에 보리첵과 파혼.

〈포세이돈〉, 〈한밤에〉, 〈법의 문제에 대하여〉,
〈팽이〉 등 다수의 단편 집필.

1921 8월 프라하에서 다시 근무 시작.

〈첫 번째 아픔〉 집필.

1922 프라하에서 〈단식 광대〉, 〈변호인〉, 〈개의 연구〉
     출판. 〈성(城)〉 집필 시작.

1923 9월 베를린에서 도라 디아만트와 동거
     〈작은 여인〉, 〈건축〉 집필.

1924 후두결핵의 악화로 요양원 생활.
     도라 디아만트의 아버지가 카프카의 청혼을 거절.
     6월 3일 키얼링에 있는 요양원에서 세상을 떠남.
     〈여가수 요제피네 또는 쥐의 족속〉,
     단편집 〈단식 광대〉 출판.

카프카 대표 단편선

1판 1쇄 인쇄 | 2017년 10월 25일
1판 1쇄 발행 | 2017년 10월 30일

지은이 | 프란츠 카프카
옮긴이 | 김시오
펴낸이 | 윤옥임
펴낸곳 | 한비미디어

서울시 마포구 독막로 28길 34
대표전화 (02)713-3734, **팩스** (02)706-9151
등록 제 2003-000077호

© 2017 by Brown Hill Publishing Co. 2017, Printed in Korea

ISBN 978-89-90167-87-3 03890
값 10,000원